EL JUEGO DE LA VIOLA

COLECCIÓN CANIQUÍ

EDICIONES UNIVERSAL, Miami, Florida, 1994

GUILLERMO ROSALES

EL JUEGO DE LA VIOLA

Primera edición, 1994

EDICIONES UNIVERSAL
P.O. Box 450353 (Shenandoah Station)
Miami, FL 33245-0353. USA
Tel: (305)642-3234 Fax: (305)642-7978

Library of Congress Catalog Card No.: 93-73441

I.S.B.N.: 0-89729-707-5

Diseño de la cubierta por Juan Abreu
(Acuarela de la serie «Relaciones humanas», 1984)

Edición al cuidado de Carlos Victoria

A la una mi mula
A las dos mi reloj
A las tres mi café
A las cuatro mi gato
A las cinco te hinco
A las seis pan de rey
A las siete mi machete
A las ocho te pongo el mocho
A las nueve te lo quito
A las diez botellita de jerez
A las once campana de bronce
A las doce una vieja tose
A las trece un enano crece
A las catorce un viejo cose
A las quince te rayo el lince
A las dieciséis: ¡Huye que te coge el buey!

12 DE ABRIL DE 1957

Era la noche precisa; el malvado Luthor había pactado con los Hombres de Arcilla. Don Fó llamaba urgentemente a Dick Tracy por el radio de pulsera para comunicarle confidencialmente el secreto de Escarcha; Favorita O'Shea, la niña más rica del mundo, se entretenía en la Isla Negra en sacarle las máscaras al Pulpo. El Spirit moría picoteado por el buitre del señor Carrión, y reaparecía en la siguiente historieta persiguiendo a Viosil Libios, «El Hombre más Vil del Mundo». Todo era así. La isla era de corcho y no se hundía. Los Chicos Malos violaron al godo Toby y crucificaron a la pequeña Lulú en el Callejón del Jorobado.

Tapón vivía entonces en su casa montañesca y Daniel Sesohueco se empeñaba en volar a la luna en un barril catapultado. Mamá Pepita moría entre sus fotos de infancia, y Papá Lorenzo soñaba con el tren de dinamita repleto de cosacos de Stalin y pasaba mientras tanto el dedo sobre la página gráfica del «Diario Nacional» y decía:

–A este pueblo le gusta leer muñequitos.

Lo cierto era que el Gato Félix había levantado vuelo prendido de un signo de interrogación. El señor Pomponio paseaba por el parque con sus perros y Tía Dorita se quejaba de que los niños del trópico eran engendros de la delincuencia.

«Soy una pistola 45», decía la historieta de «Paquín». «Estoy fabricada con odio. Odio. ODIO».

Gaspar Pumariega había puesto entonces una gran torre de televisión que afectaba profundamente a Don

7

Mestre el magnate del Canal Seis, y aparecía por las noches en la pantalla engullendo chorizos con pan y sorteando batidoras Phillips.

Abuela Agata, como la bruja de «Historias Macabras», le daba vueltas al caldero con la espumadera y atemorizaba a Agar con el dedo de Jehová. Creía en Dios y votaba mientras tanto por el Partido Comunista, aun sabiendo que, de ganar, los comunistas acabarían con su negocio de cantinas a domicilio.

Mientras tanto, en el lejano Oeste, el señor Wild Bill Hickok concertaba un duelo definitivo con Wyatt Earp y Dean Martin reconquistaba su honor perdido en las márgenes del Río Bravo.

En la Playa de Santa Fe, los vecinos dormían. Los televisores, los radios y las ollas de presión se habían enfriado sobre la losa de la cocina. El sereno Manuel Castillo bostezó largamente desde un banco del parque y después paseó la vista sobre las casas apagadas. En una de ellas, un niño soñaba con los monstruos del espacio; y del otro lado del mundo, otro niño mongólico se masturbaba solitario entre flores de loto.

A LA UNA MI MULA

Caía; la nave de Tomás Mañana se había roto en el espacio y todos caían al vacío. Siempre era así. Caer, caer y después el brusco despertar. Despertar aterrado sobre un charco de sudor, con las sábanas pegadas a su cuerpo.

—Abuela Agata, ¿por qué siempre me caigo cuando estoy durmiendo?

—Es Jehová, que te ha soltado de su mano —decía Abuela Agata.

—Papá Lorenzo, ¿por qué se cae la gente cuando duerme?

—Eso tiene que ver con las comidas —decía Papá Lorenzo—. Los garbanzos te hacen daño.

Pero ahora caía igual. Había comido lentejas esa noche y estaba cayendo igual al vacío, pataleando en la nada, tratando de asirse a gajos invisibles.

—¡Woode, Woode!— La voz de Tomás Mañana recorrió diez mil kilómetros.

—Aquí Woode—

—Woode, creo que nos estrellamos. Caemos a un abismo sin fondo y estamos arrastrados por un cinturón de meteoritos—

Siempre era así: caer, caer y después el brusco despertar. Otras veces caía de la estrella de Coney Island, y veía las luces de la playa a lo lejos y escuchaba el ruido del mar.

Caía al piso blanco del parque de diversiones y veía la boca estupefacta del maquinista abrirse como una O inmensa y roja y los ojos asustados de los niños desde los carros desquiciados. Caía y nunca llegaba al suelo.

Despertó bruscamente, cuando ya faltaban pocos metros. Estaba bañado en sudor en la oscuridad de su cuarto. Afuera ladraban los perros callejeros. A lo lejos se escuchaba el ruido de la ola que se rompía y se arrastraba después sobre el diente de perro: ¡S P L A S H H H!

Vio moverse una sombra del otro lado de la puerta. Después, pasos y el foco rojo: ¡CLICK!

Era Papá Lorenzo. Venía dormido, arrastrando sus manos sobre las baldosas del baño para no perder el equilibrio. Andaba dormido y en cueros y ahora iba a orinar dormido sobre la taza del inodoro. Lo vio vagamente y viró la cara. Le daba vergüenza verlo orinar y después estremecerse con el último chorrito.

Papá Lorenzo orinó largo rato apoyado a la pared y Agar pensó que no terminaría nunca. Después se estremeció, apagó las luces, y se fue dando tumbos en la oscuridad. Lo oyó caer, finalmente, como un peso muerto sobre la cama y allí patalear furiosamente contra las sábanas. Volvía a la absoluta oscuridad.

Detrás de la ventana salió la vieja bruja de «El Gato Negro» y lo miró sonriendo con sadismo. Dos vampiros gemelos aguardaban en el patio de la casa por las estacas de madera. Del techo bajó una tela de araña grande como la atarraya de un pescador. Alrededor de su cama brincaron los güijes del Río Cantarranas. Por el parque galopó un burro con cabeza de hombre.

Sintió que le tocaban la planta del pie con unos dedos largos y amarillos y se tapó totalmente con la sábana. Debía lucir ahora como un muerto en la morgue de Londres.

El viejo sereno viró la cara para oír mejor las campanadas del Big Ben: ¡GANG, GANG, GANG!

—Las doce— dijo el Conde Drácula tocándole la espalda con su uña larga. La garra del conde. El colmillo del conde.

Temblaba. Las brujas lo acosaban por todos los rincones de su cuarto. Cada grieta en la pared se transformaba en un monstruo despellejado por un baño de uranio.

«Si abro los ojos los veré, los veré, los veré. ¡Dios mío, cuándo acabará la noche!»

La noche lo aplastaba. Llena de visiones blancas como la funda de un fantasma.

Silencio.

—Tu primo Genovevo era un niño terrible— dijo Abuela Agata, apareciendo de pronto en el recuerdo—. Malcriado como tú, que hasta le alzaba el brazo a su madre. ¡Que Dios lo perdone!—

Mamá Pepita lo miró duramente desde el sofá. Tía Dorita y la señora de Pomponio también lo miraron duramente.

—La última vez que Genovevo le alzó el brazo a su madre, ¿sabes lo que pasó?—

Temblaba. No quería oír la historia de Genovevo.

—«Genovevo era un comemierda»— pensó a gritos.

—Que el brazo se le quedó tieso— dijo gravemente Abuela Agata—. Tieso como un palo. Y cuando murió, tuvieron que serrucharlo para poderlo enterrar en una caja, como Dios manda.

Aquélla era la historia de Genovevo. Aunque también estaba la historia de Basilio, el niño del pueblo de Tía Dorita, al que la lengua le daba por el ombligo. Y todo porque un día le había levantado la voz a su madre enferma. Mamá Pepita asintió con la cabeza.

–Enferma– reiteró amargamente. Y cuéntale también que al que habla cochinadas la lengua se le pone morada para toda la vida. Morada y larga.

Se tocó la lengua en la oscuridad.

Allí estaba.

Le pareció más dura y más larga que de costumbre. Trató de hablar y le salió un ruido ronco. Hubiera pedido auxilio socorro la vieja sin gorro. Pero Papá Lorenzo se habría levantado dando tumbos y habría dicho:

–¿Y qué carajos le pasa al cabrón muchacho, si se puede saber?

–¿Es que en esta casa no se puede ni dormir, si se puede saber?

Aguantó el grito y se sintió sudar bajo la colcha. Sabía que si se destapaba, Genovevo estaría allí, con su brazo serruchado, justamente al lado del Conde Drácula, el Monstruo de la Laguna Negra y La Reina de las Arañas.

A LAS DOS MI RELOJ

—¡Arriba!

Mamá Pepita lo despertó bruscamente. Amaneció fuera de las sábanas, con las piernas abiertas y todo saliéndole por debajo del calzoncillo. Sintió bochorno. Antes no le importaba y hasta se exhibía. Pero ahora, con esos pelos ahí, había dejado atrás la inocencia. Lo sabía.

—Volviste a orinar anoche fuera de la taza, ¿eh?— reprochó Mamá Pepita—. Después una se sienta y se moja toda, ¿eh?, pero eso al niño no le importa, ¿eh? ¡Le importa él, él, él!—

Lo zarandeó por el hombro.

—«No fui yo. No fui yo» ¡Oh!, ¡que boba soy, mi madre! Si fui yo misma.

Lo miró con dura expresión.

—Acaba de levantarte de una vez— dijo, y volvió las espaldas encogidas.

«Ahora comienza el día. Levántate y busca los zapatos. Y con unas ganas horribles de escupir que tienes. Saliva seca. Pasta blanca como la baba de un caballo. Como si hubieras corrido mucho durante la noche».

«Levántate. Ponte el pantalón».

«No quiero un pantalón ancho. La ropa me baila como un barril. Me gustan bien ajustados, como los que usa Red Ryder o El Jinete Fantasma».

«Me gusta el Jinete Fantasma. Pero me gusta más Bat Masterson. Aunque pienso que me hubiera gustado igual ser el hijo de Bat y tener un gran perro para defenderme. Y cuando alguien me viniera con guaperías...»

—¡Ahora Rintin...!

—¿Qué estás diciendo?— gritó Mamá Pepita desde la cocina-. Acaba de levantarte te he dicho. Tienes que llevar la cantina a casa de tu abuela. Y después vas a buscarme aceite «Sensat». Y después...

«Cómo me envidiarían. ¡Dios mío, cómo me envidiarían!». Papá Lorenzo asomó su cabeza por la puerta del baño.

—Voy a entrar— advirtió. Para que nadie entrara.

Era bien distinto cuando Agar estaba adentro, sentado en la taza o bajo la ducha, y cualquiera entraba y él tenía que volverse un ovillo y sentirse pinchado por miles de alfileres.

«Papá Lorenzo guarda misterios. Los dientes que tiene son falsos, pero se cuida bien de que nadie lo sepa. Ahora es gordo y calvo, pero antes fue flaco».

«Antes— dice Abuela Agata—, tu padre soñaba con la Rusia».

Cayó preso por la Rusia. Le dieron un tiro en la canilla por la Rusia. Tenía obsesión, ¿entiendes? Por ahí tengo la foto de la huelga del 40. Flaco y esmirriado. Envuelto en una bandera roja, con los ojos clavados en el cielo y el dedo empinado para arriba: San Gregorio anunciando el evangelio. «¡La Rusia está allí, en el Cielo»!.

Desde afuera lo escuchó hacer gárgaras.

—Es un monstruo— pensó—. Así, acabado de levantar, es horrible. Pero es más horrible cuando pega. Entonces quisiera matarlo. Aunque un día me las va a pagar todas juntas.

14

–Ey, Gallos– dicen los Chicos Malos en el parque–. ¿Quién de aquí no ha pensado matar a su padre aunque fuera una vez?

«Lo mataré. ¡Lo mataré! Lo juro por...(¿por quién voy a jurar?) No puedo jurar por Dios. No creo».

Un día quise persignarme para probar que me pasaba. *En el nombre del Padre, del Hijo y del Espíritu Santo*, andaba yo diciendo, cuando Papá Lorenzo salió detrás de las adelfas con la faja doblada.

–¡Amén!– dijo. Y con la misma me agarró por la espalda con el cinto.

–No quiero verte más haciendo eso –advirtió después–. Grábatelo en la memoria.

Odia a Dios. Se caga en Dios a menudo.

–¡Cuando lo vean, me avisan! –dice–. Me gustaría conocer al cabrón que inventó esto.

–¡Perdónalo Señor!– grita Abuela Agata desde el humo de los calderos.

No. No puedo jurar por Dios. Aunque tampoco por mi madre. Es fácil jurar por la madre y no cumplir.

–Que se muera mi madre que no fui yo, señora Caritina– dije el día que rompí los cristales de la quincalla. Y después volví corriendo a casa y Mamá Pepita estaba detrás de los cacharros, vivita y coleando, como siempre.

–¿Dónde estabas, mataperro?

Jurar es estúpido. Nunca pasa nada. Aunque Papá Lorenzo tiene un sistema para jurar. Se trata de Stalin.

–Ven acá; ¿tú cogiste el dinero de la cómoda?

–No.

–¿Te atreverías a jurarlo por el padrecito Stalin?

Y entonces va al Clóset de los Recuerdos y trae el retrato de Stalin y lo pone sobre la cama.

«No puedes jurar en vano por mí», parece decir Stalin.

–¡Jura!– ordena Papá Lorenzo.

Al principio yo confesaba. Pero ahora los Chicos Malos se ríen cuando les hago el cuento.

–Gallo, ¡qué ridículo es tu padre!

Así que ya no me importa. Juro en vano por Stalin, aunque a veces lo descubra mirándome con odio desde su marco.

–Ayer soñé que me caía de un precipicio– dijo.

Papá Lorenzo lo miró sin hablar desde la taza del desayuno. Mamá Pepita fue por las galletas. Hubiera querido que Papá dijera: «¿Si?»

–¿Y como fue todo? Dímelo. Cuéntamelo. Detalle por detalle.

Pero Papá Lorenzo comentó:

–Todo el mundo sueña. Eso no tiene importancia. Alcánzame la azucarera, anda.

¡Recórcholis! Tengo que largarme de esta casa. Un día hice un mapa para fugarme. El cuarto, la sala, la cocina y el pasillo hacia el baño. Alguien había dejado una ventana abierta. Entonces me largué. Me perdí en un reparto de gente rica, y al final me recogió una familia de dinero. Me quisieron adoptar. Me pusieron «Viernes», porque era un viernes el día de la pira. ¡Como me querían! Piscina y todo. Como en aquella película de.. de... (¿Cómo se llama el narizón ese?) ¡David Niven! «El Incomparable Godfrey.» Y Niven termina casándose con Bette Davis.

¡Diantre! ¿Me recogería alguien? Aunque después todo fue horrible. Papá Lorenzo encontró el mapa con los signos indicadores. Estuvo riendo largo rato con el plano entre las manos.

–¡Un mapa para fugarse! ¡Juar, juar, juar!– La barriga le temblaba. Colorado de risa. Se puso serio de buenas a primeras y dijo:

–No hacía falta...

Fue hasta la puerta y la abrió.

–¡Vete! –dijo–. ¿Quieres irte, verdad? ¡Vete!

Yo temblaba en la mesa. Papá Lorenzo apuntaba con su dedo al horizonte y Mamá Pepita rezongaba en la cocina. Al final, Mamá fue hasta la puerta y la cerró.

–¡Déjalo en paz! –dijo, cansada–. Deja en paz al cabrón chiquillo...

–¡Tú no te metas aquí! –rugió Papá Lorenzo–. Tú eres quien lo has desgraciado.

Cruzaron improperios en voz alta durante largo rato. Finalmente, Mamá Pepita volvió las espaldas encogidas y salió sollozando hacia El Baúl de Las Fotos de La Infancia. Allí se puso a revolver fotos viejas.

«Esta era yo a los quince... –murmuraba– ¿O fue a los dieciséis?».

Manoseó las fotos, mirándolas largamente, hasta que pareció olvidar una pena clavada. Se levantó después:

–¡Qué casita esta, Dios mío!– exclamó entonces. Y volvió con la misma a la cocina.

Agar veía a Mamá Pepita trajinar con las fotos de la infancia, y escuchaba a Papá Lorenzo rebuscar en el Clóset de los Recuerdos.

–Tú harías bien en quemar todo ese clóset– aconsejaba Abuela Agata–. Un día vienen, registran, y vamos a tener que llevarte ropa limpia a la Prisión del Príncipe.

Pero Papá Lorenzo no respondió. La miró con odio desde El Clóset de los Recuerdos y sacó bruscamente un libro desde el fondo de un baúl.

–Y usted, señora... ¿sabe quién es éste?–. Y enseñó el libro, con un búho en la portada.

–No me importa– dijo Abuela Agata rechazándolo con la mano.

–¡Es el príncipe Kropotkine!– dijo Papá Lorenzo con voz irritada y cansada–. ¿Y éste?

–Mucho menos– respondió Abuela Agata ligeramente nerviosa.

–¡Bujarin! ¡El Benjamín de la Revolución de Octubre!

–Muy conocidos en sus casas– apuntó Abuela Agata con dignidad–. Jehová es mucho más grande que todos ellos.

–Señora...– dijo entonces Papá Lorenzo con tono grave–, no quiero ver yo lo que le pase a usted cuando irrumpa el tren de la Revolución en esta isla de corcho.

–¡Ya me cuidaré de no parar hasta Australia!– rió Abuela Agata.

–Un gran tren de dinamita, con la estrella de Lenin y Stalin para pinchar a los viejos comerciantes de cantinas...

–De mis cantinas te alimentas tú; no lo olvides–. Y Abuela Agata hizo el recordatorio meneando lentamente su dedo de bruja.

–¡Bah! –exclamó Papá Lorenzo, recogiendo a Bujarin y compañía y volviéndolos a acomodar en el Clóset de los Recuerdos–. ¡La Humanidad es una cabrona!

Apuró la taza de café con leche. Papá Lorenzo hojeaba el periódico y reservaba los muñequitos para el final. Viendo su barriga desbordarse ampliamente sobre el cinto, Agar recordó a Perita, el enemigo más gordo de Dick Tracy, que había muerto devorado por una barracuda en una piscina de Chicago.

Después recordó a Abuela Agata, envuelta en el humo de los calderos, repitiendo aquella cantinela de siempre: «Extraño. Tu padre es extraño. Primero recogía votos, organizaba huelgas y andaba en reuniones que siempre terminaban a balazos. ¡A mí misma me convenció para que le diera el voto a la candidatura Popular! ¡Pero ahora resulta que es Rotario! ¡Es comunista y es Rotario Internacional! Cuestión de táctica, dice. ¿Táctica? ¡No entiendo nada!».

Papá Lorenzo metió la nariz en las historietas del Diario Nacional.

–A este pueblo le gusta leer muñequitos– comentó en voz baja.

Desde la cocina, Mamá Pepita dejó caer los cacharros con estrépito.

A LAS TRES MI CAFÉ

–¡Hola!– dijo Bugs Bunny. Sacó la cabeza del hoyo y dio una palmada en el hombro de Elmer Gruñón.

–Nos vamos al país de las zanahorias gigantes. ¡Upah! Mamá Pepita llegó con las cantinas.

–Anda a casa de Abuela –dijo–. Que te diga lo que tiene de almuerzo. Y toma, le das este dinero. ¡Pero lo coges bien! No me vengas después: «¡Ay, se me cayó!»

–Vienes directo para acá, ¿eh?– dijo Papá Lorenzo. Masticaba con las muelas sanas el trozo de pan. «Directo. Ven directo. Vete directo. Anda directo. Todo es directo. Directo al mentón. ¡Que les importaría que me quedara en el parque con los Chicos Malos! Jugando a la Viola, tirando pelotas o haciendo cuentos de mil cosas. ¡Que les importaría! Después dicen que porque uno es flaco y allí se fuma y se hablan cochinadas. Pero...¿Que más cochinadas se hablarán que yo no conozca? ¡Las sé todas! Y fumo también. De todas las marcas. El que no fuma es pájaro. El que no tira carajos también. Esa es la ley. ¡Esa es la ley y ellos nunca lo comprenderán!».

Cogió las cantinas y salió. Hizo el tramo hasta casa de la abuela pateando una gravilla todo el tiempo. Tres cuadras a la derecha vivía el señor Pomponio. «El que siempre saca a mear al perrito», decía Papá Lorenzo viéndole tirar de la cadena. «Si yo fuera así me daba un tiro». Al fondo de la cuadra, entre los pinos, vivía «El Abominable Hombre de la Calle Ocho».

–Ese miserable espécimen que se pasa la vida regando el jardín.

—¡Deja al hombre en paz! –gritaba Mamá Pepita–. Te pasas la vida odiando a la Humanidad.

Entre los pinos vivía Tía Dorita. Siempre sentada al piano.

—Yo nunca tuve fiestas –decía Tía Dorita como quien hace una historia graciosa–. Mi primera fiesta fue a los veintidós. Me pasé toda la semana ahorrando dinero para comprarme unos vuelos de papel crepé que se agregaban al vestido y parecían de seda. Ahorré seis pesos. Y los compré. Abuelita miraba todo desde su sillón y apretaba los labios.

—Hmmmm –decía abuelita–. Así que vas a ir a una fiesta, ¿no?

—Sí, abuelita.

—¿Y quien te dio el permiso, a ver, a ver?

Y entonces yo le decía:

—¡Pero si fuiste tú misma, abuelita! ¿No te acuerdas?

Y ella le respondió:

—Yo no me acuerdo de nada.

—Abuelita, abuelita, ¡como no te vas a acordar ahora! Ya el muchacho lo sabe y va a venir a buscarme por la noche.

—Pues se va por donde mismo vino –decía la abuelita– ¡Gastaste todo el dinero comprando guindalejos y nos vamos a quedar esta semana sin pagar la luz!

—El me dijo que me prestará el dinero –dije yo. Y abuelita saltó indignada del sillón y dándome una bofetada me insultó.

—Pero, ¡quién se creerá que soy! ¿eh? ¿Una matrona de bayú? A ver. ¡Dame acá ese vestido! Ya verás tú lo que yo hago con las fiestas del Liceo.

—¡Y aquella fue mi primera fiesta! –finalizó Tía Dorita tratando de reír–. ¿No es graciosa?

–¡Claro, querida!– dijo Mamá Pepita agregándole más azúcar al café.

–Así era abuelita– dijo Tía Dorita–. La pobre...

Y se mordió el labio inferior, y sus ojos brillaron extrañamente, y a Agar se le ocurrió que saltaría gritando:

«¡Hija de puta, hija de puta, hija de puta!»

–¡Pobre Tía Dorita! –dijo Mamá Pepita cuando se marchó–. Era una niña prodigio, pero se frustró.

–Es una loca insoportable –dijo Papá Lorenzo desde el periódico–. Por ahí dicen que se las entiende con Poupett, la manejadora de los Novo.

–¡Calumnias! –dijo Mamá. Y después, evocando, apuntó:

–Tenía una mano derecha divina. A los cinco años se levantaba por las noches para tocar a Bach. ¿Tú sabes quién es Bach, mi hijito?

–Para mí todo es lo mismo –dijo Papá Lorenzo–. Para mí, Bach o Vienes, me es igual...

Por las noche los Chicos Malos bordearon la casa de Tía Dorita con huevos y garbanzos. Fabricaron largas cerbatanas con antenas de televisión y disparaban los garbanzos desde lejos. Tía Dorita fue a casa de Agar al día siguiente para contar la historia.

–¡Se sufre tanto en este país! –comentó–. Tan distinto a Europa. Tan bochornoso todo. ¿Han visto ustedes un ser más diabólico que un niño? Los niños del trópico son engendros de la delincuencia –dijo, y se abanicó el rostro, asfixiada.

Caminaba. Recordaba la historia y recordaba después a los Chicos Malos sentados en ruedo sobre el césped del parque, comentando con rencor de la gente:

–Tú tía es tortimáncula, gallo –dijo El Hueso aquella vez–. Con Poupett para arriba, con Poupett para abajo. El otro día entraron juntas en la Sociedad y las dos tenían el zíper de los pantalones descorridos. ¡Estaban asando maíz!

Risas.

Recordaba todo esto mientras caminaba. Pasaba la vida recordando historias, palabras, caras, situaciones. Al pasar frente a la casa de Pomponio, una vieja gritó desde la verja:

–¡Alza la cabeza! ¿Por qué caminas con la cabeza gacha?

¿Por qué? ¿Por qué caminaba siempre mirando sus pasos? ¿Por qué se trababa en las conversaciones con los amigos? ¿Por qué no tenía novia y todo le daba una vergüenza tremenda? ¿Por qué, por qué, por qué?

«Un día hablaste –dijo La Voz del Recuerdo–. Un día te acercaste y hablaste largamente. Hablabas y te reías. Te reías mucho y te hicieron un círculo. ¡Como te reías! ¡Oh! Podría declarárteme ahora, Marta. Y podría bailar horas y horas contigo, Elaine, «Luna Azul»».

–¡Ey, gallos... ¿se saben la historia del loro que vio una cicatriz?

Reías. Las risas se escuchaban en toda la playa.

Y la ola detrás:

–¡SPLASHHH!

Entonces te llegó el silbido. El inconfundible silbido de Papá Lorenzo.

–Te chiflan, gallo....

–Como los perritos, gallo...

Papá Lorenzo te recibió con los ojos achicados. Había descubierto la botella de coñac vacía hasta la mitad.

–Así que te la has tomado, ¿no? Uno compra y el niño se la toma, ¿no?

–Borracho –dijo Mamá Pepita.

Y tú reías. Los golpes te alcanzaban pero seguías riendo. Y las lágrimas corriendo por tus mejillas. Hasta que se nublaron tus ojos.

Pateó la piedra como se pateaban las pelotas de rugby. Decían que tenía buenas manos para jugar el rugby. Pero apenas tenía peso.

–Este niño está mal –decía Abuela Agata–. Amarillo verdoso.

–No come –decía Mamá Pepita–. No le gustan los garbanzos, no le gustan las judías. No come.

–«No como –pensaste–. Ni garbanzos, ni judías. Me da asco el olor de esa comida. La boto cuando puedo. Me da asco. Me revuelve las tripas. ¡Coño! Pero ustedes me la dan a pescozones.»

–¡CUERO CON EL! –gritó Papá Lorenzo desde el sofá–. CUERO, CUERO, CUERO. Eso purifica–. Y después, se estuvo quieto con el periódico entre las manos, y confesó su historia:

«A mi me criaron a paso de tren. Y ya después que fui hombre y trabajaba en un campo de piñas, tenía que llevarle el sueldo íntegro a mi padre: Nueve pesos. ¡Nueve pesos! De los cuales mi padre cogía ocho y me dejaba uno. ¡Y ese uno...! –decía Papá Lorenzo alzando el dedo–, me lo daba y me decía:

–¡Guárdalo, por si lo necesito!»

Abuela Agata reía con la historia. Mamá Pepita decía:

–¡Qué barbaridad!

—Así fue —terminaba diciendo Papá Lorenzo—. A paso de tren. Y no me he muerto. Ni me falta un brazo. Ni nada por el estilo.

A LAS CUATRO MI GATO

Abuela Agata trabajaba envuelta en el humo de los calderos. Olía siempre a bacalao y especias, y mientras revolvía la olla con la espumadera, entonaba canciones incomprensibles.

Se volvió.

–¿Trajiste las cantinas?

–Siro. Y el dinero.

–Dile a tu padre que no se apure por el dinero. Yo sé que andan escasos con el asunto de tu colegio. Aunque yo sigo sin explicarme nada. ¡Una vida metido en huelgas! ¡Todo el tiempo contra los ricos! Y resulta que después que se hace contador, te quiere meter en un colegio de ricos. «Para que tenga roce», dice. ¿Roce con los ricos? No entiendo. No entiendo. No entiendo.

Y se llevó el dedo a la barbilla, meditabunda.

–Dios es más constante –dijo–. Y tú harías bien en ir de la mano de Dios. ¿Hace mucho que no vas al templo?

«El Templo –pensó Agar–. Papá Lorenzo no quiere que entre en las iglesias. Se jacta de que él nunca ha entrado en una iglesia y no se ha muerto por eso. Aunque Abuela Agata me lleva a escondidas al Salón de los Testigos de Jehová». Me cogió la nuca y me dijo:

«Esto, jovencito, es entre usted y yo...¿Bien?» Y adentro, el pastor me recibió muy bien y hasta me puso cerca del púlpito. Y después abrió los brazos y se puso a gritar:

–¡PERDÓNALO SEÑOR!

–Abuela Agata, ¿por qué me tienen que perdonar?

–No te hagas el santo –dice–. Tú bien sabes por qué. Tienes que gritar con fuerza: PERDÓNAME SEÑOR, hasta que sientas a Jehová. ¿Entiendes? Hasta que Jehová te toque por dentro y tú sientas que tus vicios te abandonan. ¿Claro?

De modo que gritó con fuerza: ¡PERDÓNAME SEÑOR! ¡PERDÓNAME SEÑOR! ¡PERDÓNAME SEÑOR!

Pero le entró risa.

–No puedo evitar la risa –dijo después, en el ruedo de Chicos Malos–. La risa me viene con fuerza.

–Yo con eso no juego– dijo entonces Quico Costillas–. Con Dios y los santos la cosa cambia.

–A Tony Pando le salió una vieja por la noche y le enseñó un carné donde decía que era «La Virgen de las Mercedes» –dijo Tín Marbán.

–Y yo conozco un cura que se remanga la sotana para jugar balompié –apuntó Jorge Cabeza–. Aunque también conozco al padre Gasolina, el que da la misa borracho.

–Y dicen que en la Choricera vive El Monje Loco –dijo Pipo Páez–. El que se clava a su propia hija.

–¡PERDÓNALO SEÑOR! –gritó Abuela Agata.

Lo hizo arrodillarse en la primera fila, cerca del estrado del pastor.

«Yo les digo que AQUÍ está HOY Jehová» –dijo el pastor con los brazos abiertos.

Se aburría. Pensó que a esas horas los Chicos Malos estarían en el parque saltando La Viola y crucificando arañas.

Hizo como si rezara, apoyando las manos en la baranda. El pastor pasó por su lado apretando la frente de los fieles y gritando la consigna. Las viejas de la segunda hilera gemían y se soplaban furiosamente la nariz.

Sacó furtivamente su navaja y se apoyó en la madera. «Ahora o Nunca», dijo la Voz Interior. El corazón le latió fuertemente, y recordó entonces aquello de que había un Cielo, un Infierno, un Purgatorio y un Limbo.

¿A donde iría?

–Yo me quedo con el Limbo– había dicho una vez Quico Costillas–. Ni bueno ni malo, y te pasas la vida durmiendo.

–¡Ahora!– dijo La Voz.

Y él escribió «PINGA», sobre la madera, y guardó rápidamente la cuchilla. Nadie lo había visto.

El pastor volvió hacia la primera fila y lo agarró con su mano mojada por la nuca.

–¡PERDÓNALO SEÑOR! –gritó. Y Agar sintió la saliva salpicándole los ojos.

Después, cuando lo soltó, comenzaron a cantar «Jehová yo soy tu esclavo». Y él imaginó que Papá Lorenzo se hubiera sentido orgulloso de su hazaña.

La cabeza de Abuela Agata emergió de nuevo entre el humo de los calderos.

–Hoy tengo tamal en cazuela y garbanzos –dijo–. Ven a buscarlos a las once.

–Bueno, me piro.

–¿Qué es eso de «me piro»? ¡Anda a ver con quien te juntas! El otro día vinieron a contarme que andabas regando que te habías quebrado. ¿Tú sabes lo que es un quebrado? Un hombre inútil. Que no puede tener mujeres, ni hijos, ni nada. Tu tío Quirilio era un quebrado. ¡Infeliz!

Agar recordó a Quirilio. Llegaba a su casa retorciéndose las manos y Mamá Pepita lo trataba como a un enfermo.

–Estoy enamorado de una rubia– decía. Siempre traía un nuevo amor.

Mamá Pepita le seguía la historia.

–¡Qué bueno, Quirilio! ¿No me digas, Quirilio? ¡Felicidades, Quirilio!

Y él asentía con la cabeza una, dos y tres veces.

–Sí, sí, sí... estoy enamorado de una rubia.

–Terminó ahorcándose –dijo sombríamente Abuela Agata. Con la espumadera en la mano recordaba a la bruja de «Historias Macabras».

–¿No leíste la novedad en los periódicos? A grandes titulares: «Frustrado en amores pone fin a su vida». ¡Ese sí estaba quebrado! Quebrado de verdad.

–Bueno, me voy.

–Anda ligero, ¿eh? Y directo.

Regresó pensando en los quebrados. Un quebrado era para él una gran cosa. En la escuela daban quebrados pero eran distintos.

«Gallos; el que se quiebra tiene dos huevos así de grandes», vino diciendo Tín Marbán aquel día. Y todo el mundo quiso quebrarse entonces. Porque todo el mundo quería tener dos grandes bolas entre las piernas.

–En este país lo más importante es tener los huevos grandes –dijo Tín Marbán.

Y él había tratado de quebrarse en el gimnasio del Gago, haciendo pesas con sacos de cemento. Pero se cansó pronto y no pudo avanzar.

«Voy a tener que conformarme con lo mío», pensó. Aunque después Tín Marbán había vuelto también cansado del gimnasio, y había modificado el asunto explicando que eso crecía hasta los veintiuno.

Se palpó sus bolsas. No. Ciertamente no habían crecido mucho. Aunque se las pesaba con las manos todos los días, no encontraba mucho adelanto.

Entonces fue cuando echó a rodar la noticia, y ya veía, rodando y rodando había venido a parar hasta la misma casa de Abuela Agata. Como cuando echó a rodar la bola de la gonorrea.

«Todo el mundo quiere tener gonorrea en este país –volvió diciendo Tín Marbán–. Porque tener gonorrea en este país, quiere decir que uno tiempla en este país».

Recordó a Pacheco, el hijo de Ictericia. Aquel día llegó tambaleándose al ruedo de muchachos y sonrió después, lleno de enigmas.

–Señores... tres pinchazos en tres días. Tengo el fonino envuelto en llamas.

–¿Qué, gallo? –dijeron voces ansiosas– ¿penicilina?

–Cirilo Villaverde, gallos. He cogido una gonococo, encendía, encendía, encendía.

Desde el suelo miraba hablar a Pacheco y se moría de envidia.

¡Quería cogerla! ¿pero, cómo?

Después, Tín Marbán volvió a explicar que todo venía del barrio de Pajarito, lleno de chinos y marineros, donde una mujer llamada Julia Cacharro le medía a uno la cuestión con un centímetro previamente.

¡Quería cogerla! Deseaba una buena gonorrea con todas sus fuerzas. Pero... ¡si ni siquiera había visto a una de aquellas mujeres!

¿Y si iba? ¿Y si Julia Cacharro le medía la cuestión?

–¡Andando! –diría Julia Cacharro–. Estás descalificado.

Así fue que decidió mejor que rodara la bola. Porque rodando y rodando...

«Rodando y rodando me encontré un barrilito; le metí el dedito y lo saqué coloradito... ¿qué es?»

–Tu madre, gallo.

Risas.

–La tuya con una puya.

Más risas.

–La recontracebollona de la tuya.

Más risas. La risa de los niños bajo el sol. Cruzó el parque. Aún los muchachos no habían llegado. Las lagartijas se movían inquietas en los árboles y sacaban sus corbatas rojas. El sol pegó duro sobre su cráneo repelado.

Comenzaba, aún, el día.

A LAS CINCO TE HINCO

–Viajemos en la Nave del Recuerdo –dijo Woody Woodpecker.

También iban Pablo Morsa y Pepe Gallinazo.

Agar fue a pasar la página, pero Mamá Pepita apareció por la puerta del cuarto. Tenía los ojos hundidos, como si hubiera llorado todo el tiempo. Siempre parecía haber llorado. Pero en realidad estaba en la cocina. «Pelando cebollas», decía.

–Mamá...¿Y siempre pelas cebollas?

–¡Cállate! –dijo. Y agregó después-. Vé y busca aceite Sensat en la bodega–. Y le tendió las monedas y la botella.

–Después voy al parque –dijo él.

Los gritos del parque lo ponían ansioso. Le cortaban la respiración. Lo hacían sudar.

–¿Está muy impaciente el niño por ir al parque?– cantó Mamá Pepita.

Lo pensó dos veces. Si respondía que sí, Mamá diría: ¡Ah! Entonces te quedas en casa.

Mejor era no responder.

–Bien –dijo Mamá– ¿qué esperas? ¡Andando!

Tenía que cruzar entonces el parque con la botella de aceite.

Le resultaba duro cruzar el ruedo de Chicos Malos.

Comenzó a caminar con las nalgas apretadas, conteniendo el aliento.

–¡El niño de los mandados, mírenlo... ahí va!

–Gallo, tráeme un cartucho de galleticas... ¿quieres?

–Gallo, en mi casa solicitan una colocada. Buen sueldo y comida abundante.

Risas.

–Gallo, ¿es verdad que en tu casa te amarran a la pata de la mesa?

Algo se le atravesó en la garganta. Sintió que el pene se le encogía.

–¡Eh, Gallo... ahora nos íbamos a bañar al Río Cantarranas! ¿Vienes?

Risas.

Se volvió. Estaba frenético, pero trató de aparentar calma.

–Está bien –dijo–. Está bien. Ahora vuelvo por aquí. Y entonces, con las manos vacías.

–Oh ¡que gallo más guapo! Y con la botellita y todo.

Risas.

–¡A que te rompo esa botella!

–¡A que no!

–¡A que sí!

–¡A que sí, va, va!

–¡A que no eres hombre!

Coro de voces indignadas. Una gota de sudor resbaló por su frente y quedó colgando de su nariz. Silencio.

–Lo que has dicho, gallo...

–Por menos que eso se matan los hombres, gallo.

–¡Coñoooó!

Peligro. Sabía que había dicho algo grave. Irreparable. Recordó la orden de Papá Lorenzo aquel día que vino magullado y con el ojo descompuesto de un trompón. «Ojo por ojo».

El Hueso avanzó hacia él. Las piernas le temblaban y pensó echar a correr. Pero de inmediato comprendió que entonces jamás volvería a mirar de frente a los

Chicos Malos. Si se contradecía, también tendría que resistir las risas de burla para siempre. Risas de burla que escuchaba por las noches, envuelto en una sábana sobre un charco de sudor.

Si comenzaba la pelea, iba a perder. Sabía que iba a perder.

–¿Qué dijiste, gallo? –quiso saber El Hueso avanzando hacia él. Hablaba con calma, como el que está acostumbrado al peligro.

–No... no dije –balbuceó.

–¡Ahora resulta que no dijo! –exclamó el Hueso–. Ven acá, gallo, ¿a ti nunca te han aplicado un correctivo?

Y le estrujó la solapa de la camisa.

La voz de Mamá Pepita se escuchó entonces desde la puerta.

–¡Qué haces! –gritó– ¡Directo te he dicho!

–¡Déjalo Hueso! –dijo el coro–. Deja el niño...

–Te cojo a la vuelta, niño –advirtió el Hueso–. Prepárate.

–Suéltame.

La voz de Mamá Pepita lo había salvado. Se alisó la solapa.

–¿Se creen muy bravos, no? Porque voy de mandados, ¿no?

Siguió el rumbo. El sol quemó duro sobre su cabeza. Desde el banco del parque, los Chicos Malos volvieron a gritarle:

–¡Cenicienta!

–¡Hijos de puta! –masculló, sorbiéndose los mocos y el agua salada que corría por sus mejillas.

La señora de Pomponio volvió a gritarle desde la verja:

—¡Alza la cabeza! ¿Es que quiere ser jorobado cuando mayor?

—¡Ande a que la pisen! pensó a gritos. Pateó una piedra con fuerza. Recordó entonces la película «El Hombre Quieto», de John Wayne. Todos se burlaban de él porque era un hombre tranquilo. Se burlaban. Se burlaban. Se burlaban. Hasta que un día, John Wayne dio un piñazo. Uno solo. Y mató a un tipo. Tenía una mano derecha prohibida.

Llegó a la bodega y apoyó los codos en el mostrador.

—Una botella de aceite— dijo.

—¡Miren quien está aquí! —exclamó el bodeguero—. El incendiario. ¿Es verdad que quemaste la casa de los Páez?

—Sensat —dijo él—. Aceite Sensat.

El bodeguero fue por el pedido. Agar lo miró con odio.

«Odio a todo el mundo —pensó—. Estoy contra los indios, pero también contra los cowboys. No tengo madre ni padre. Una india llamada Pocahontas me encontró en el bosque y me crió».

—Son diecisiete centavos —dijo el bodeguero.

Pagó. Tomó la botella de aceite Sensat.

«Para sus comidas, Sensat».

Pero también estaba el aceite Oliveite.

Y recordó el slogan:

«El aceite Oliveite es un deleite».

Lo anunciaba Tongolele. Una vedette de la televisión. Tetona ella.

—¡Qué tetas, Dios mío! ¡Qué tetas!

Y le temblaban.

—Eso es artificial —aseguraba Mamá Pepita durante los programas.

Papá Lorenzo la miraba de reojo y decía:

–¡Jé!

Quedaban tres centavos. Pensó que debía comprar cigarros.

–Sé que fumas –decía abuela Agata.– Sé que fumas con los mataperros en el parque. Y sé más. Sé que a veces los robas del Mini Max.

–El que no fuma es pájaro– dijo él.

–¡Desgraciado! Vas a hundir a tu padre más de lo que está. Vas a largar a tu madre paralítica de una trombosis coronaria. Nos va a enterrar a todos, hijo. Y vas a parar en gánster. Gánster. Gánster.

«Me gusta la idea. Me gustaría ser alguien así como Viosil Libios. El Hombre más Vil del Mundo. Todos le pegaban de niño. Creció en medio de los golpes. Y rodando y rodando se hizo hombre. Y un día recogía manzanas en el huerto de su padre.

–¡Recógelas!

–No puedo. Me siento mal. Oh h h...

–¡Recógelas!

–No puedo. Me siento mal. O h h h...

–¡Recógelas!»

Y ese fue el final. Viosil clavó el azadón en el pecho de su padre y después pateó a su madre en la cabeza, y se robó un dinero que había bajo una maceta. Luego sacó pasaje para Chicago.

Y después vino lo del banco. ¡Para él no había nada más fácil que un buen asalto! Primero se desconectan los timbres y después se pide serenito que lo echen todo en las alforjas.

–¡Polizontes! –gritó el Hueso de repente–. ¡Estamos fritos!

Viosil lo miró asqueado. Apagó lentamente el cigarro con el pie.

–¿Estás nervioso, Hueso? Eres una vaca. No quiero pendejos en mi banda, Hueso...

–¡No Viosil, no!

–Lo siento, Hueso...

«¡KAPOW! ¡KAPOW! ¡KAPOW! ¡KAPOW!»

El sol caía duro. El Hueso había muerto. Los polizontes se evaporaron en el aire.

Con el vuelto compró tres cigarros Royal, que guardaría para después, cuando estuviera en el placer de romerillos, mirando las nubes e imaginando nuevas venganzas.

En el camino de regreso, decidió cortar por el Callejón del Jorobado, para evitar el ruedo de Chicos Malos.

A LAS SEIS PAN DE REY

–¡Ey, Gallo!

Al pasar por el callejón del Jorobado lo llamaron desde la maleza.

–¡Aquí!– dijo la voz.

Y pensó que sería uno de aquellos ruedos campestres que formaban los Chicos Malos para leer libros pornográficos.

–¿Qué hay, gallos?

Encontró rostros familiares, aunque algo excitados.

–Gallo, te vamos a enseñar algo– dijo Henry.

Agar vio a algunos fumar y encendió uno de los suyos. Absorbió el humo hasta sentir los pulmones repletos. Viéndolos fumar, algunos hasta con tres cigarros a la vez, recordó las lamentaciones de Mamá Pepita llenas de indignación.

–No le des más vuelta –decía Papá Lorenzo–. Son «El Casco de la Mala Idea». Todo lo hacen para llevar la contraria. Pero ¡A h h h!– advertía, achicando los ojos–, si yo lo veo a él en ese juego, ¡pan! Lo mato redondito.

–Vamos allá– dijo Agar, soltando el humo por la nariz–. Supongo que no sea una birria.

–Ven, gallo –dijo Henry, apartando la maleza–. ¿No sientes el olor, gallo?

–¿Qué hay?– preguntó Agar, intrigado. Ya no podía más de la peste.

Bordearon la casa abandonada. En un tiempo había sido una bella casa, pero ahora los Chicos Malos habían destruido sus cristales por completo.

Al fin llegaron al lugar. La peste era insoportable.

–Es una yegua muerta –dijo Henry–. Y estaba para parir. ¿No le ves el bollo, Agar?

Una bandada de moscas revoloteaba alrededor del asunto.

–Iba a parir –insistió Henry–. Estaba amarrada a la manigua de Liborio y se soltó.

–El capitán la mató –apuntó Quico Palacios, poniéndole la bota en la barriga hinchada–. Godinez, el capitán de la marina. Danielito lo vio venir en su Buick cuando la yegua se atravesó en el camino.

–¿Y la aplastó?

–No. Se bajó del carro y le metió dos tiros.

–Con estos ojos lo vi todo –dijo Danielito apareciendo entre la maleza de romerillos–. Dos tiros.

–Hijo de puta –dijo Agar.

–Yo no sé nada de eso, Gallo –dijo Daniel–. A mí la política no me interesa. Lo que sí te digo es que estaba cargada.

Y Danielito recogió una varilla de romerillo y la encajó con fuerza en el sexo de la bestia muerta. Agar se estremeció de espanto cuando la rama entró, rompiendo la carne.

Henry se afincó a sus hombros. Súbitamente, Agar sintió grandes deseos de manejar aquella rama.

–Dame ese palo, gallo –dijo, mordiéndose el labio–. La voy a desfondar.

Tomó la rama y la hundió con fuerza, hurgando en aquel orificio, hasta que salió un hilillo de líquido blancuzco.

–Se vino, gallo –susurró Henry. Y Agar sintió la mano del muchacho temblar sobre su hombro. –¡Es así! ¡Es así!–. El sol flagelaba el monte de romerillos y un aura voló en espiral sobre sus cabezas.

Agar sentía dos impulsos. Uno lo tiraba del cuerpo, queriendo sacarlo de allí y empujándolo a correr para siempre. Otro le dirigía el brazo, haciéndolo hundir la rama hasta el final.

Por último quedó asqueado, pero extrañamente satisfecho.

–No seas estúpido...–dijo después, tirando la rama bien lejos–. Está muerta.

Danielito Sesohueco se sentó sobre la panza inflada del animal. Aspiró el humo de su cigarro y dijo:

–Pero las mujeres funcionan así, más o menos.

–Pero hay que llegarles– aseguró Quico Palacios–. ¡Hay que «saber» llegarles!

–¿Es muy a lo hondo? –quiso saber Agar. En su mente, sacaba cuentas de acuerdo a sus recursos.

–Ocho pulgadas al fondo –dijo Daniel–. Aunque eso varía. Ocho, nueve... Ahí la mujer tiene el punto débil.

Se sintió frustrado. Era demasiado. Recordó que en el baño de su casa entraba por las tardes con la regla de geometría escondida, para medirse lo suyo. Y no pasaba de las cinco.

–¿Qué haces tú con una regla en el inodoro? –quería saber, extrañada, Mamá Pepita.

–La traje sin querer –respondió él.

Pensó que si Mamá Pepita hubiera sospechado algo, habría tenido que colgarse de una lámpara. Los recuerdos se evaporaron.

Daniel seguía explicando:

–Mujeres, las hay de todas clases. Anchas y estrechas. Frías y calientes. Mi madre, por ejemplo, es fría. –De nuevo mil alfileres le pincharon la cara.

–¿Por qué? –preguntó.

–Mi viejo lo comenta a cada rato– dijo Daniel con un tono de indiferencia–. Ya eres un hombre, dice. Ya se te puede hablar como los hombres. ¿Verdad? Y después, me dice: ¿Sabes cuánto tiempo tu madre y yo llevamos sin hacer «eso»? ¡Un mes! ¿Tú crees que eso es justo? Y después viene y me dice: Para la casa, búscate una gallega; para salir, una inglesa; y para gozar, una india. ¿Qué te parece?

–Oye, gallo –dijo Henry–. ¡Qué viejo más bravo te tocó!

–Es un jodedor –dijo Danielito. Se registró la nariz con el dedo y agregó–. Hace un mes, cuando cumplí los once, me habló en la sala como un amigo. Hijo, va y me dice: ya eres un hombre. Y como hombre te voy a decir algo. (Y a todas éstas mamá haciéndole señas por detrás para que se callara la boca). Se echó a reír y dijo: Eso que tienes ahí, no es sólo para orinar, ¿entiendes? Es para usarlo. ¡Para usarlo bien! Y con la misma, la vieja: ¡Bestia! Pero él como si nada. Se encogió de hombros y dijo: ¡Es mi deber! Mi padre hizo igual conmigo. Y el suyo con el suyo. Y el otro con el otro. Y así...hasta el infinito.

Danielito Sesohueco tomó una rama de pino y la pasó entre sus dedos cerrados.

–De todas maneras –dijo, regresando al tema de interés–. Yo no me apuro. El asunto crece hasta los veintiuno. A razón de una pulgada por año.

Echó el humo con arrogancia y agregó:

–¡Lo mío será de leyenda!

Y Agar se sintió renacer. Volvió las espaldas tocándose entre las piernas. De los once que tenía hasta los veintiuno, quedaban diez largos años. Y Daniel sacaba cuentas a razón de pulgada por año. Se palpó el pene y lo sintió diminuto bajo la ropa. Muchas veces pasaba vergüenza imaginando que jamás crecería.

Como aquel día en que orinaron los bancos del parque, y él tuvo que buscarse bien porque aquello no salía de puro nerviosismo, y el Hueso preguntó:

–¿Qué, gallo? ¿Se te perdió?

Y él terminó sacándolo por fin. Aunque recordaba que después el chorro no había bajado, y sin embargo aquella noche se había orinado abundantemente sobre la cama.

A LAS SIETE MI MACHETE

Estaban tirados sobre la yerba. Fumando bajo el sol en torno a la yegua. La maleza de romerillos se abrió, y los Chicos Malos irrumpieron en el ambiente.

–¡Un tesoro! –gritó Tín Marbán–. Los gallos encontraron un tesoro.

Y todos exploraron la bestia muerta.

Estuvieron un rato saltándola, hasta que cayeron sentados en la yerba. La perra de Pacheco había venido con ellos y ladraba furiosamente al cadáver putrefacto. El Hueso la llamó y le escupió en la boca y ella se tragó la saliva del Hueso.

–A propósito, Gallo, ¿sabes quién se murió?

–No.

–Pues, uno que estaba vivo.

Risas.

Agar se sintió burlado.

–Pásame una aldaba, gallo –dijo Quico Costillas. Y después prendió el cigarro ahuecando sabiamente la mano. Agar recordó, mientras fumaba, a Mamá Pepita el día que le olió la boca.

–Este niño fuma –descubrió asombrada–. Tiene olor a Fumadero de Opio.

Recordó sucesivamente episodios anteriores. Como el día que descubrieron cigarros en su camisa y Mamá Pepita guardó la caja para enseñarla a Papá Lorenzo cuando éste volviera del trabajo.

Entonces pasó toda la tarde temblando como una hoja en su cuarto. Y deseó que esa noche alguien viniera con la noticia de que Papá Lorenzo había sufrido un accidente en el auto.

A las nueve Papá Lorenzo no había regresado aún, y pensó entonces que lo había matado con sus ruegos. En el fondo, comprendió que no quería matar a su padre.

—Dejarlo inválido, sí —pidió—. ¡Pero déjalo vivir!

En el fondo no se entendía claramente. Veía a Papá Lorenzo mirar los descascarados del techo y escribir nombres con el dedo sobre el aire, y creía quererlo.

—A mí me criaron a puro palo —dijo Papá Lorenzo aquella vez, mirando alelado las paredes—. Mi padre me iba a buscar a los terrenos de pelota y allí me perseguía por todas las bases con una faja doblada.

—¡Hay que trabajar! —iba diciendo.

Papá Lorenzo sonrió ligeramente y continuó:

—Yo hubiera dado un buen jugador de Grandes Ligas. Si no hubiera sido por el hambre que pasé, ¡sabe Dios donde estuviera ahora! Una vez Tom Casey me vio jugando y le gusté.

—¡Lástima de muchacho! —dijo Tom Casey—. Con veinte libras más lo contrataba para el Cincinatti.

Y Papá Lorenzo asintió sus palabras con vehemencia y dijo después:

—¡Jé! ...Yo daba un buen center field.

Así era. Lo quería a veces.

Sin embargo, la noche de los cigarros, llegó por fin, a las once. Sano y salvo.

—¿Estas son las marcas que fumas, vicioso? —quiso saber Papá Lorenzo.

—No —dijo él. Se arrepentía ahora de haber sido débil. Comprendía que el Destino Imaginario había castigado su indecisión.

—Muerto o vivo —había insinuado el Destino—. Pero término medio, no.

—¡Abre la boca! —ordenó Papá Lorenzo levantando el paquete de cigarrillos frente a su cara—. ¡Abrela! ¡Abrela! ¡Abrela!

—¡Ya empiezas con la salvajada! —chilló desde el sofá Mamá Pepita.

Siempre era así.

Siempre amenazando con delatarlo y después, arrepentida y angustiada en el sofá.

—Es este barrio —murmuró desde allí— ... es este país, esta vida.

Papá Lorenzo le apretó las quijadas y él abrió la boca finalmente.

Los cigarros entraron hasta la garganta.

—¡Trágatelos! —gritó Papá Lorenzo—. ¡Trágatelos, vicioso! Eres la Estampa de la Herejía...

Estaba atorado.

Mamá Pepita lo llevó entre hipos a la taza del inodoro y él vomitó un jugo amarillo y picadura. Mientras se apoyaba en la pared recordó los sucesos de «la sal». También entonces Mamá Pepita le había ido con la cantinela de los vicios.

—Este niño come mucha sal —dijo Mamá Pepita.

—Deja que reviente —recomendó Papá Lorenzo revisando la página gráfica.

—¿No sabes que la sal agua la sangre? —reprochó Mamá Pepita—. Te vas a poner amarillo.

Papá Lorenzo hojeó el diario con ojos ausentes. Parecía muy cansado.

—¿A ti no te importa, verdad? —le espetó de pronto Pepita.— El muchacho se pasa la vida comiendo sal y a ti no te importa que reviente.

–¿Qué quieres que haga? –gritó Papá Lorenzo dando un respingo–. ¿Que lo mate?

Y con la misma saltó de su asiento y buscó a Agar con la mirada.

–¡Así que el niño se come la sal! –dijo después, como repitiendo un papel aprendido de memoria.

–Tiene vicio –aseguró, más conforme, Mamá Pepita.

–¿Vicio? Yo conozco una forma de quitar el vicio.

De modo que Papá Lorenzo fue a la despensa y regresó después con el puño lleno de sal.

–¡Toma sal! –gritó–. Para que te mueras del gusto.

Y echó el puñado de sal en la boca de Agar.

–¡Animal! –gritó entonces Mamá Pepita. Corrió hacia Agar y le dio palmadas de ayuda en las espaldas.

Y Agar seguía sin entender. Había sucedido igual cuando el suceso del inodoro. Allí también Mamá Pepita había sido dos: La Bruja, y el Hada de Pinocho.

–Pinocho no hala la cadena del inodoro –dijo.

Papá Lorenzo Strómboli saltó de nuevo hastiado de los gritos.

–¿Por qué no halas la cadena, cabeza de aserrín?

–No sé... –trató de explicar Agar–. A veces se me olvida... ¡que sé yo!

–Con el apurillo de ir a mataperrear, ¿eh? Y ahora te ibas sin halarla, ¿eh?

Y le tiró de las orejas.

–¡Ven acá! –dijo Papá Lorenzo. Y Agar recordó las voces de los Chicos Malos jugando con su nombre:

«¡Ven acá Agar! ¡Ven acá Gar! ¡Ven a Cagar!»

Papá Lorenzo lo condujo a empellones hasta el inodoro. Agar pataleó con furia frente a la taza. Papá Lorenzo dijo:

–Este día no se te olvidará nunca jamás.

Y le ordenó después que metiera la mano en el fondo amarillo.

–¡Arriba! –ordenó Papá Lorenzo.

¿Cuándo aprenderás a halar la cadena del inodoro? ¿Cuándo aprenderás a no fumar? ¿Cuándo aprenderás a no decir cochinadas? ¿Cuándo aprenderás a respetar a tu madre? ¿A lavarte las manos, los dientes, a no decir mentiras?

Lo odiaba. Le hubiera clavado una estaca de madera. Bien adentro. Y lo otro sería fácil. Huir, huir, y volver a los treinta años, cuando el crimen se hubiera olvidado.

–Ey, gallos... ¿quién de aquí no ha soñado con perderse y volver a aparecer como un gran personaje muchos años después? –había dicho Tín Marbán una vez.

–Aunque yo para eso tengo una fórmula –dijo después–. Cambiar de pelado. El que cambia de pelado cambia de vida. La gente se olvida hasta de tu nombre. Eres alguien sin pasado.

Mamá Pepita rezongó desde el sofá sin causa precisa. Papá Lorenzo veía en la televisión un programa de payasos.

Estaba solo en el baño y al mirarse en el espejo admitió que era un niño feo.

Se odió. Odió su cuerpo y su cara. Y se odió por dentro.

–Debes morir –pensó. Y tomó una cuchilla de afeitar. «Y todo será tan fácil como pasar esta cuchilla sobre estas venas».

De modo que pasó la cuchilla suavemente, presionando después hasta hacerse un corte algo más abajo que la muñeca. Así quedó. Viendo su sangre descender lentamente por el brazo. Pero inmediatamente imaginó que la sangre era la lava de volcán y los vellos del brazo una legión de Hombres-Pelo espantados.

–¡NOS HUNDIMOS! –gritaron los Hombres-Pelo.

La sangre llegó al codo. Los Hombres-Pelo estaban hundidos. Los payasos rieron desde el televisor.

–Cambia de canal, viejo –dijo la voz indiferente de Mamá Pepita–. Pon a Gaspar Pumariega. A lo mejor hoy sortean batidoras Phillips.

–Ese gordo miserable me da asco –dijo Papá Lorenzo–. Es el clásico explotador de mentalidades de mono. Como la tuya.

Agar se limpió la cortada con papel sanitario. Volvió los ojos al espejo y se lanzó una mueca terrible. Fue, finalmente, hacía un rincón de su cuarto, y allí se echó.

Cerró los ojos.

Desde la sala rieron los payasos. Pero no los oyó. Manejaba ahora un avión cargado de bombas atómicas, que dejaría caer después sobre la ciudad de La Habana.

A LAS OCHO TE PONGO EL MOCHO

La yegua cambió de color. Se volvió violácea bajo los rayos del sol.

Aún estaban tumbados en círculo a su alrededor, acostumbrados al hedor insoportable.

–A quien llevan más recio es a Agar– dijo Tín Marbán.

–Me pegaron siempre –dijiste. Te echaste hacia atrás y comentaste:

–Es bueno que me pase. Así me voy acostumbrando a los golpes de la vida.

Pero mentías. Tratabas de buscarle una ventaja a tu desgracia.

–No me gustaría aprender así –dijo Quico Costillas–. No, no. Si mi padre me pega así, lo mato.

–Mi padre me pega cuando tiene el día jodido –dijo Guineo.

Y los Chicos Malos rieron.

–Y casi siempre tiene el día jodido –añadió Guineo, y continuaron las risas.

–Aquí todos estamos jodidos –opinó Tin Marbán–. Es la ley. A mi padre lo jodió mi abuelo. Y a mi abuelo lo jodió mi bisabuelo. Y a mi bisa mi tátara. Y ahora mi padre me jode a mí. Y el que me caiga debajo lo jodo yo.

–Ey, gallos... ¿quién de aquí no ha pensado matar a su padre alguna vez?

Silencio.

Quedaste mirando el romerillo. Un día, en el jardín, tú lo habías pensado. Pensaste que Mamá Pepita era una adelfa y tu padre una vicaria. Mecánicamente fuiste arrancando las flores. Descabezando, desmembrando, deshojando. Mamá Pepita se asomó a la puerta y soltó un grito de horror.

–¡Destructor!

El jardín estaba arruinado. Era un cementerio de pétalos y cabezas descuajadas. Por la noche Papá Lorenzo te llamó aparte.

–Ven acá, muchacho. Porque tú eres un caso digno de estudiar. ¿Me quieres decir qué sacaste rompiendo esas flores? ¿Qué te impulsa a destruir? ¿Qué? ¿Qué? ¿Qué?

Súbitamente comenzó a golpearte. Tú reculaste hacia la pared tratando de cubrirte, sin responder.

–¿Por qué arrancaste las flores?

–¡No sé! –gritaste al fin–. ¡No me preguntes!

–Cabrón muchacho –rezongó Papá Lorenzo, cansado de pegar–. Carne de presidio.

Y quedó un rato así, mirándote con rencor. Y después pareció como si recordara algo semejante, muchos años atrás. Y volvió a mirarte esta vez con extrañeza.

Y se olió bajo los brazos. Y volvió lentamente al periódico, rascándose la nuca.

A LAS NUEVE TE LO QUITO

El sol quemó duro.
La piel de la yegua se estiró bajo los rayos. Tin Marbán comentó, mirándola:
–No se puede quejar. Tiene un velorio concurrido. «Adivina adivinador: no es vaca y da leche. No es submarino y se sumerge. No es comunista y se inclina hacia la izquierda. Y es un valiente que vive entre pendejos.» ¿Quién es?
Risas.
Todos sabían quién era. El chiste era viejo.
–Bueno, Gallos –dijo Liborio–. Voy a hacerles un anuncio: desde el sábado pasado orino dulce. Yo: ¡Liborio!
Coro: ¡Demuéstralo! ¡Demuéstralo! De palabras es muy fácil.
Liborio amortiguó las voces con las manos.
–Vean al mago Mandrake –dijo–. Nada por aquí, y de repente... ¡Plop!
Y sacó el pene.
Agar lo miró, y constató aliviado que era más o menos como el suyo.
–¡Ráyalo duro, gallo! –dijo el coro–. Henry te va a entretener leyendo algo.
–«Perseguida hasta el catre» –dijo El Hueso, ofreciendo un libro pequeño y arrugado.
–¡Un tiro! –aseguró después–. El gallo se llama Cuasimodo. Y el mandado le llega a la rodilla.
Risas.
Liborio entornó los ojos y se acostó sobre la yerba.

Cuando hubo silencio, Henry inició la lectura.

«En el pueblo de Quivicán, donde florecía el pecado, Cuasimodo Pomarrosa era masajista de mujeres. ¡Cuántas nalgas habían pasado por sus manos! ¡Cuántos suspiros de placer! ¡Cuánta vida...!»

Liborio detuvo su frotación y Henry hizo un alto en la lectura.

–¿Qué pasa, gallo? –dijo el coro.

–Gallos... –confesó Liborio, turbado–. No quiero que me vean en el trajín. Es lo que pasa.

Los Chicos Malos dejaron escapar una exclamación de desaliento.

–Mejor me dejan solo –propuso Liborio–. Yo les aviso enseguida.

De modo que dejaron a Liborio masturbándose solitario entre los pinos, y volvieron a la Casa de Cristales Rotos. A sentarse en ruedo sobre la yerba. En medio del romerillo. Bajo todos los rayos del sol.

–El Hueso se está clavando a Toby –comentó Quico Palacios.

–¿Y cómo es la cosa? –quiso saber Guineo.

–¡Fácil! –dijo el Hueso. Y después explicó–. Esperas a que la madre duerma. A eso de las dos. Y entonces vas, y como el que no quiere las cosas, dices: Toby, ¿me cambias dos anzuelos? Es la contraseña. El mismo la inventó.

–Dos anzuelos... –musitó Guineo.

–Dos. Y después, terminas tirándotelo fácil.

Agar conocía a Toby. Era el hijo de una familia de gallegos silenciosos que andaban en alpargatas. Tenía una hermana de nueve años que pasaba la vida chupando chambelonas: la pequeña Lulú.

Recordó aquel día que pasó Tín Marbán contando una de sus historias. Decía que había descubierto a Toby jugando a las muñecas en casa de los Cobas. Pero decía que desde antes había sospechado el asunto, porque le daba el olor.

–Tengo olfato para los gansos– explicó.

De manera que aquella tarde fueron todos a la casa de Toby. Y la madre salió a recibirlos y dijo sorprendida:

–No... ¡Pero si hoy no es su cumpleaños!

Parecía contenta de aquella súbita amistad de los Chicos Malos con su hijo.

–No sabía que Tobito tuviera tantos amigos– comentó después, sonriente.

–¡Siempre lo quisimos! –dijo el Hueso, ocultando un pararrayos con los dedos en la espalda.

Bien. Toby había salido. La señora Cobas prestó su garaje y los Chicos Malos fingieron jugar a una banda de música.

–Ruido –orientó el Hueso–. Mucho ruido, gallos...

Bien. Pasaron los que cayeron en suerte después del sorteo de la piedra. Agar se contentó con mirar las blancas nalgas de Toby y formar rebambaramba para desorientar a la señora Cobas.

Bien. El gordo Toby llamó a la pequeña Lulú. Los Chicos Malos tocaron con más fuerza sobre las cajas de cartón.

–¿Para qué me quieren? –quiso saber Lulú, una vez dentro del ruedo.

–Tú sabes para qué –dijo Toby–. Vamos.

–Quedó...– dijo el Hueso, después–. Cuando empezó a llorar ya estaba cogida con los pinchos.

Risas.

Desde los pinos, se escuchó la voz de Liborio.

–Ey, gallos... pueden venir.

Estaba orondo.

Los Chicos Malos fueron pasando uno por uno para comprobar la novedad.

–Pero, casi no se ve– protestó Agar.

–Bueno, viejo, yo no voy a poner una fábrica...

Risas.

–¿Y qué sentiste, gallo? –preguntó Agar. Sabía que se estaba delatando, poniendo en evidencia su curiosidad. Una vez Tín Marbán había venido anunciando que le habían llegado aquellas cosquillas tremendas, y él quiso engañar diciendo que también las había sentido. Pero de nuevo el coro de Chicos Malos fue implacable:

–¡Demuéstralo! ¡Demuéstralo!

Y no pudo demostrar lo indemostrable.

–Grandes cosquillas, viejo– dijo Liborio abotonándose la bragueta–. Y después te quedas en Babia. Lacio, así...

Y se desplomó teatralmente sobre la yerba.

–La primera vez yo me desmayé por una hora –dijo Tín Marbán, con cierto aire de superioridad–. A mí si me dio fuerte de verdad. Aunque de todas maneras ya eres un hombre –agregó, poniendo una mano en el hombro de Liborio.

Los Chicos Malos sonrieron satisfechos. Palmearon las espaldas mojadas de Liborio y echaron carajos al aire, haciendo cabriolas. Agar sentía que los envidiaba profundamente.

El sol quemó duro sobre su cráneo y se escurrió el sudor de la frente con la mano.

En medio del jolgorio, Quico Costillas dio la idea de cazar arañas y echarlas a pelear. Enseguida se buscaron lagartijas. Alex cazó una y la amarró después a un cordel de trompo. Buscó luego un hueco en la tierra, y metió al animal con una rama de pino. Agar lo secundó con una estaca, que tendría que enterrar en el momento preciso para cortar el regreso de la araña. Era como pescar en la tierra.

La araña picó, y Alex la fue trayendo expertamente. En el momento indicado, Agar encajó la estaca y la araña afloró entre terrones secos.

–¡Cógela! –dijo El Hueso–. Atrévete a cogerla, anda...

Agar la miró indeciso.

–¡Así! –dijo El Hueso. Puso el dedo sobre el abdomen peludo y agarró las patas posteriores. –¿Bien?–. Y amagó con tirarla sobre el grupo.

El día era muy claro. La yerba extraordinariamente verde y las arañas intensamente negras sobre la yerba. Los Chicos Malos fabricaron un coliseo de piedras del camino. Al final, echaron adentro las arañas.

Los dos animales trataron de escapar del ruedo de piedras, pero fue inútil. El Hueso las devolvía al interior cuando casi lo lograban.

–Peléen, putas –dijo El Hueso.

–Creo que son macho y hembra– apuntó Quico Costillas.

–¡Que tiemplen entonces! –dictaminó El Hueso.

Todos rieron.

La araña pequeña comenzó atacando y pronto estuvieron las dos abrazadas furiosamente. Los Chicos Malos gritaron fuertemente tratando de darle ánimos a la más raquítica. Agar quería que ganara la pequeña. Se sentía, después de todo, una especie de araña chica en medio de otro gran coliseo rodeado de agua por todas partes.

–¡Muerde! –gritó, solidario.

La señora de Pomponio apareció entonces abriéndose paso entre el romerillo. Evidentemente pasaba por casualidad por el Callejón del Jorobado y la atrajeron los gritos. Hizo una mueca de asco y se tapó la nariz reparando en la yegua.

–¡Salvajes! –gritó–. ¿Así pasan el tiempo?

Silencio. Los Chicos Malos se incorporaron y trataron de fingir respeto. Después, en medio del silencio, el Hueso eructó sonoramente.

Coro de risas.

La señora de Pomponio trató de decir algo, pero las risas ahogaron sus palabras. Se puso roja. Por encima de las risas logró hacer oír un insulto, y después se retiró sofocada.

La araña mayor había ganado. Se zafó trabajosamente de la muerta y emprendió una retirada tambaleante hacia las piedras. El Hueso dejó que trepara y después, la aplastó lentamente con el pie.

Volvieron a caer sobre la yerba.

Eran felices. Sudaban como caballos salvajes bajo el sol del trópico y eran perfectamente felices. Como las veces que crucificaban lagartijas en los troncos de los árboles, clavándoles sus patas con alfileres.

–Una operación de nivel... –decía el Hueso rajándoles el abdomen con una cuchilla de afeitar. Y después, uno por uno, iba sacando los órganos del animal y poniéndolos sobre el césped.

–Ey, gallos –sugería–. Vamos a injertarle a una araña un cerebro de lagartija...

Entonces también eran felices. Inyectándole formol a las ranas y viéndolas enflaquecer comidas por el veneno.

–Pero quien rompió el récord es la lagartija que tengo en casa –iba diciendo Tín Marbán–. Hace once días que la tengo sin comer en una caja de fósforos y todavía saca la corbata cuando la pincho. Quiero ver cuánto dura. Hay camellos que se pasan cinco años sin tomar agua.

Alex fue hasta la maleza y se agachó para corregir.

–Ojo y oído –advirtió El Hueso.

Y quedaron así, mirando a Alex, esperando en silencio.

–Hoy no sale la tripa– observó Claudio.

–Esperen un poco– dijo Alex. Pujó con fuerza y al final salió el asunto. Una tripa larga que colgó entre sus nalgas peladas y prietas.

Agar volvió el rostro y sintió que se le revolvían las entrañas.

–Dice mi mamá que hay que operarme –dijo Alex–. Pero siempre se le olvida. Con el trajín que tiene.

Y meneó la tripa de un lado para otro.

–Mi colita de caballo –dijo–. Mi rabito de lagartija.

Risas. Risas. Risas.

Agar rogó porque aquello terminara. Hacía largo rato que había salido por el asunto del aceite y quizás estuvieran ya buscándolo. Tenía miedo de que la señora Pomponio hubiera ido de casa en casa contando la nueva historia de los Chicos Malos, y llegara a casa de Papá Lorenzo con el cuento.

Como la vez que orinaron los bancos del parque y la señora de Pomponio se había sentado imprudentemente sobre uno.

–¿Saben lo que están haciendo ahora los animalitos? –decía, recorriendo casa por casa–. ¡Orinar en los bancos! Donde se sienta la gente decente–. Y resoplaba enfurecida.

–No se preocupe, señora Pomponio –dijo Papá Lorenzo entonces–, que si yo veo al mío en ese jueguito, cojo una pistola y ¡pan! Redondito.

–¡Bestia! –reprochó Mamá Pepita después, tras los cacharros de cocina–. ¿Cómo puedes hablar así de tu hijo?

–Bueno, bueno... no quise decir eso así. No en esa forma.

Alex había terminado. La tripa se recogió y se limpió hábilmente con una hoja de malanga.

Quico Costillas fue hasta la yegua y dijo:

–Ey, Gallos,... se está cuarteando el pellejo.

El Hueso apareció entre el romerillo con un montón de hojas secas en las manos. Fue hasta el animal y lo dispuso a su alrededor.

–Corona y todo –dijo–. Gallos...¿quién tiene un fósforo?

Excitados con la idea, los Chicos Malos cubrieron a la bestia con todas las hojas que encontraron.

–La pira de Odín –dijo Guineo.

–Odín... –fingió rezar el Hueso–. Dios de los «odidos». El que dice que hay que «oder» para que no lo «odan» a uno. ¡Fuego a la lata! –gritó después, encendiendo un fósforo.

–¡Hasta que suelte el fondo! –gritaron a coro los Chicos Malos.

Reían y aullaban en torno a la pira. Escuchaban el crujido del pellejo de la yegua y brincaban entre el humo. Luego la energía decayó por un momento. Quico Costillas cayó extenuado sobre la yerba.

–El viernes confieso– dijo, poniéndose la mano en forma de visera–. Voy a tener que contarle al cura todo esto.

Agar comentó:

–A mí en la iglesia me entra risa.

–A mí me pasó lo mismo, gallos –dijo el Hueso dejándose caer–. El día que murió el Mudito. ¿Se acuerdan del Mudito?

Las llamas crecieron. Agar las observó arrobado y recordó al Mudito, sentado en silencio en un banco del parque, apretándose las manos hasta que alguien lo llamaba al ruedo.

–Cuídenmelo bien –decía la señora Caritina–. El quiere ser uno de ustedes.

Después, en el ruedo, el Hueso le explicó el reglamento.

–Para ser como nosotros –dijo– hay que tener mucha gandinga, gallo mudo.

Y todos rieron.

–Hay que quemar casas, trepar árboles, orinar largo y tendido y leer al Conde de Eros y gastarse tantas pulgadas de mandado. Para empezar: ¿sabes trepar matas?

–Trepa –dijo el Coro–. ¡Que trepe!

El muchacho fue hasta una de las matas del parque y comenzó a trepar afincándose en los nudos gruesos. Agar lo veía subir, y escuchaba detrás: ¡Sube mudo, sube mudo...! Y envidiaba el cariño que todos sentían por el mudito de Caritina.

–De mudo no tiene nada –decía el Hueso–. Trepa como un camaleón y fuma como un murciélago. Yo no le veo nada de mudo.

El mudito llegó a la copa del árbol. Desde allí pareció intentar una pirueta, y de repente todos lo vieron caer al suelo como una piedra.

Agar recordaba ahora la historia, y creía ver la cara de Caritina bañada de lágrimas. Estaba allí, en el parque, rodeada de aquella muchedumbre, mientras el doctor Miranda tomaba el pulso del muchacho y movía la cabeza negativamente.

–Se le reventó una vena del cuello –dijo el doctor Miranda–. Hizo demasiada fuerza por subir a esa condena mata.

–¡Siempre en las matas! –dijo entonces la señora de Pomponio–. Como las fieras...

Caritina no habló. Se puso de pie y pasó los ojos por el grupo de Chicos Malos.

Esa noche volvieron a verla durante el velorio. Fue allí donde el Hueso se había echado a reír asegurando que el Mudo le había guiñado un ojo desde la caja.

–¡Malditos sean mil veces! –estalló Caritina al oír las risas, y furiosa cargó contra los Chicos Malos disparando maldiciones. Y entonces sí corrieron espantados.

–¿Saben lo que hicieron los animalitos en el velorio de Caritina? –entró diciendo esa noche Tía Dorita.

–¿Qué fue ahora? –preguntó Mamá Pepita con abatimiento. Y Tía Dorita contó la historia y miró con los ojos encendidos hacia Agar, como queriendo decir: «Y tú estabas allí, precisamente».

«Tía Dorita, tía Dorita... ¿por qué me odias?»

–Los niños del trópico son engendros de la delincuencia –aseguró tía Dorita–. Crueles y asquerosos. Una pasa tranquila por un lugar decente, y allí están ellos riéndose bajito. Una va a un velorio y allí están ellos riéndose del muerto. Una quiere tocar piano y allí están ellos diciendo cochinadas. Culos y tetas. ¡Eso es lo único que tienen en la cabeza! Y una no puede tener ni una amistad, porque enseguida inventan alguna historia perversa. ¡Y una se hace la boba! ¡Y una se hace la sorda! ¡Y una se hace la ciega!

Agar sabía de dónde venía aquel odio de Tía Dorita. Había nacido aquella noche en que Tín Marbán había venido con la historia de que ella y Poupett habían salido juntas del bosque de romerillos.

—Andan juntas. Llevan anillos de compromiso. Por las noches bailan apretadas y toman vino en calaveras. Poupett fuma tabaco. Y Julio el carnicero dice que hasta están casadas de verdad, por un cura negro que da misas en cuero.

—Suficiente —dice entonces el Hueso—. ¿Permitiremos eso en una playa decente?

En medio de las risas, todos bajaron el pulgar condenatorio.

—Hoy vengaremos el honor manchado —indicó el Hueso.

De modo que compraron huevos y chícharos en la bodega.

El gallego Núñez llenaba cartuchos y preguntaba estupefacto:

—¿De quién es la fiesta? ¿Para qué quieren tanto?

Sin hallar la respuesta.

Después, hicieron el tramo hasta casa de Tía Dorita repartiendo previamente posiciones. Y ya en la cuadra, Agar escuchó las teclas de su piano, y la voz quebrada de Poupett cantando «Quiéreme Mucho».

—Las dos juntas... —dijo El Hueso frotándose las manos—. Una banquea y la otra apunta.

Y comenzó la descarga. Huevos y chícharos. Y todos escucharon la voz de Poupett subir de tono mientras arreciaban los disparos. «Quiéreme Mucho»; y los huevos reventando en las paredes.

Estuvieron bombardeándolas largo rato, y al final, habían cesado por falta de proyectiles.

Entonces quedó sólo la voz de Poupett. La voz desgañitada de Poupett cantando «Quiéreme Mucho», y el piano de Tía Dorita acompañándola con teclas graves. Agar había disparado escondido en la maleza. Se hubiera muerto de vergüenza si Tía Dorita lo hubiera descubierto entre el grupo de Chicos Malos, con los bolsillos llenos de huevos y la cerbatana bajo el brazo. Pero Tía Dorita no salió. Ni siquiera después, cuando acabaron los proyectiles y comenzaron los insultos. A grito pelado los Chicos Malos vituperaron a Poupett y Tía Dorita. Esperaban que salieran y respondieran, pero sólo escuchaban el piano y veían a través de las persianas las dos sombras agigantadas por la luz de un candil. Los gritos se fueron apagando. En medio de la música los Chicos Malos cayeron sobre la acera desalentados.

–Vamos andando –ordenó El Hueso. Iniciando una retirada silenciosa por el placer de romerillos. Y así habían ido: abatidos, insatisfechos, desconcertados. Escuchando hasta el final el piano de Tía Dorita que se apagaba lentamente a medida que penetraban en el romerillo, junto con la voz ya cansada de Poupett que seguía el «Quiéreme Mucho», como si fuera un réquiem.

Así había sido. Lo recordaba ahora mientras la yegua ardía y estaban sentados en ruedo, con todo el sol pegando sobre sus cráneos repelados. El fuego languidecía.

Agar tomó la botella de aceite e hizo por incorporarse. Presentía que de un momento a otro los Chicos Malos comenzarían a jugar de golpes. En broma al principio. Duro y serio después.

–¡A la una mi mula! –gritó de repente Quico Palacios saltando sobre su cabeza.

–¡Soy primero! –gritó El Hueso antes que todos. Buscó una piedra suficientemente pequeña para que cupiera en su puño sin evidenciarse, y cruzó los brazos para desorientar: ¿Dónde la tengo? La piedra fue pasando de manos alternativamente. El que quedara con ella al final, debía hacer de burro y permitir que lo saltaran.

«La Viola» se había jugado originalmente muy bien. El señor Pomponio decía que en su tiempo la había jugado en las escuelas, y que hasta el seminarista se alzaba la sotana para brincar. Entonces todo no era más que saltar limpiamente sobre las espaldas de un muchacho encorvado, cantando el número de cada salto. Pero con el tiempo Los Chicos Malos la habían convertido en un juego macabro y doloroso.

–¿Saben cómo se salta la Viola en el barrio de Santa Ana?– vino diciendo aquel día Tín Marbán. Y explicó después el asunto tal y como se jugó desde entonces.

La piedra pasó por todas las manos hasta llegar a las manos de Agar. Al mirar hacia atrás, comprobó que ya no quedaba nadie. De modo que sería el burro y aguantaría los saltos, escondiendo bien la cabeza entre los hombros, porque ya El Hueso había advertido bien alto:

–¡Cabeza para el Diablo! Y si mi pie choca con tu cabeza, no tengo la culpa.

–¡A la una mi mula!– gritó El Hueso saltándolo y dándole en el trasero una recia patada.

–¡A las dos mi reloj!– gritó Quico Costillas diciendo: ¡Gong! y dejando caer un pedrusco en su espalda.

–¡A las tres mi café!– gritó Tín Marbán soltándole un buche de agua en la nuca, que le corrió por dentro hasta los calzoncillos.

–¡A las cuatro mi gato!– dijo Quico Palacios clavándole las uñas en sus omóplatos huesudos.

–¡A las cinco te hinco!– gritó el Zurdo dándole un pellizco durísimo en la espalda.

–¡A las seis pan de rey!– dijo Guineo. Y como el Pan de Rey no producía dolor, dejó caer una torta de tierra mojada en su camisa limpia.

–¡A las siete mi machete!– gritó Liborio dándole con el canto de la mano en las paletas.

Hunde la cabeza. Baja el lomo. Mete los fondillos. Acuérdate de Abuela Agata el día que pasó por el ruedo de Chicos Malos y quedó mirándolos jugar por un momento, y después dijo:

–Criaturas... ¿Por qué se odian?

–¡Si estamos jugando!– exclamaron todos.

–No, no. Se quieren destruir. ¿Alguno de ustedes sabe lo que es un pulmón? El pulmón es una cosa finísima. Como lo es el cerebro. Una telita de nada que se rompe al menor de los golpes.

Escupiste sobre la yerba. Los pulmones te dolían horriblemente y pensaste que escupirías una baba rojiza. Pero no. Saliva blanca. Pasta espesa como la baba de un caballo.

–¡A las ocho te pongo el mocho!– gritó Claudio poniéndole una rama de espinos en la espalda.

Cerraste los ojos. Pensaste que a esas horas Papá Lorenzo debía estar buscándote por la demora. Mamá Pepita quizás habría recibido la visita de Mingo, el bodeguero, y le habría apuntado al número ocho diciendo:

–Ayer tuve un sueño revelador: Tres muertos.

–¿Sí? –diría Papá Lorenzo fingiendo atención.

–Sí –diría Mamá Pepita–. Tres muertos colgando de una guásima.

–Pues juega el 888 –diría Papá Lorenzo revisando la página gráfica.

Los muchachos volvieron a volar sobre sus espaldas. Saltaron a las nueve y a las diez.

–¡A las once campana de bronce!

–¡A las doce una vieja tose!– Y esta vez Quico Costillas le tosió en la cabeza y Agar sintió la saliva del muchacho en su oreja.

–¡A las trece un enano crece!

–¡A las catorce un viejo cose!

–¡A las quince te rayo el lince!

Estaba frenético. Esperaba el último salto para iniciar una larga carrera detrás de los Chicos Malos, y agarrar fuertemente a alguno de ellos y golpearlo por cualquier parte de su cuerpo. Hasta que fuera de noche.

–¡Dieciséis, huye que te coge el buey!– gritó El Hueso saltándolo sin poner las manos en su espalda.

Corrieron.

Al pegarse al Zurdo, Agar le descargó un fuerte golpe en las orejas. Ambos rodaron por la yerba abrazados con furia. La mano del Zurdo se prendió de su garganta y Agar sintió la sangre golpeándole las sienes y los ojos fuera de las órbitas. Tenía bien sujeta la oreja del muchacho y trató sin resultados de acercar los dientes y clavarlos en el lóbulo.

–¡Dejen eso!

Era el señor Pomponio. Había venido con sus perros, seguro que a consecuencias de su mujer. Se acercó con sus dos bulldogs y los separó bruscamente.

El Zurdo y Agar se miraron con odio un momento. Resoplando, pasándose las muñecas por sus bocas llenas de saliva, mascullando improperios. Un minuto después, El Zurdo se agachó y acarició el lomo de uno de los perros. Agar fue hasta la maleza y orinó, y regresó luego al grupo.

Todo había pasado.

Siempre era así: golpearse con furia ciega y después olvidar. Golpear en el momento. Descargar en el momento. Contra cualquier rostro, cualquier cuerpo, cualquier cosa.

El señor Pomponio los miró extrañado. Paseó la vista a su alrededor y descubrió la yegua envuelta en cenizas y hojas secas.

–Hijos... –trató de decir–. Hay juegos mucho más divertidos. Menos peligrosos. «La quimbumbia», por ejemplo, es un juego muy movido.

Tomó dos palos y los bateó con fuerza.

–¿Ven?– dijo después.

Mientras pegaba al palo de «quimbumbia», Agar recordó a Papá Lorenzo comentando de Pomponio:

–¡Pomponio! –decía Papá Lorenzo–. ¡Igualito que Pomponio, el gordo de los muñequitos! La misma cara de idiota. Siempre sacando a orinar a los perritos.

–¡Deja al hombre en paz! –gritaba Mamá Pepita.

–Les he traído algo– dijo Pomponio después, sacando teatralmente una pelota del bolsillo. La dejó caer en medio del ruedo de muchachos y dijo sonriente:

–Traten de jugar en paz, ¿eh?– Y volvió las espaldas haciéndoles antes un guiño de picardía.

Los Chicos Malos lo vieron irse en silencio. Cuando estuvo lejos, alguien hizo saltar la pelota en el aire. Agar comprendió que ahora comenzaría el juego de «el quemado». Tirar la pelota con fuerza contra cualquiera. Trató de escabullir el bulto, pero ya fue tarde. Tiraban contra él. El Hueso no tiró contra Alex y éste no lo hizo contra Quico Costillas y aquél tampoco contra Claudio.

Tiraban contra él. Era el blanco escogido.

–Ojo por ojo– había dicho Papá Lorenzo aquel día que vino lleno de mordidas y arañazos de pino.

–Lleno de ñáñaras..., como los caballos –dijo Mamá Pepita con desaliento.

Después, lo sabía bien, pasaba el tiempo y las heridas se convertían en postillas endurecidas, y las arrancaba con curiosidad para ver correr su sangre.

–Bien –anunció El Hueso–. Tienes tres perdidas, gallo. Te vamos a fusilar ahora.

Para el fusilamiento escogieron una palma mocha cerca de La Casa de los Cristales Rotos. Se trataba ahora de abrazarse a ella y exponer su espalda al golpe de la pelota.

–¡Ahí va!

La pelota no le dio. Escuchó a Quico Costillas lamentarse de su mala puntería, y cederle el turno al Hueso.

–¡Strike! –dijo El Hueso. Y la pelota pegó esta vez sobre sus paletas y sintió que el pellejo le ardía bajo la camisa.

–No vayas a llorar, gallo –advirtió El Hueso–. Esa fue de práctica. No más.

–Afina bien –dijo Quico Costillas–. Por el callejón vienen las hijas de Núñez. ¡Lúcete, Hueso!

La pelota dio esta vez en su nuca. Las muchachas pasaron por el callejón y lo vieron abrazado a la palma. Las escuchó reír con el rostro oculto.

–¿Por qué no hablas con ellas? –decía Papá Lorenzo señalándolas a lo lejos–. Mírales el culito, muchacho. Mira cómo lo mueven. Les gusta enseñarlo. A tu edad yo me las comía a todas.

Y Papá Lorenzo contaba su vida de Don Juan en el pueblo de Candelaria, donde había tenido un catálogo de novias.

–Un día hablaste –dijo La Voz del Recuerdo–. ¿Ya no te acuerdas?

–Sí... un día fui.

–¡Claro!– dijo La Voz–. Hiciste bien. Sacaste la botella de coñac y soportaste el sabor de la vida. ¡No cualquiera aguanta un trago de coñac! ¡No cualquiera resiste que las tripas se le revuelvan! ¡No cualquiera detiene los deseos de vomitar! Pero tú aguantaste. Y el mundo te dio vueltas. Y pudiste hablar con una de ellas...

–Una, sí. Sí, es verdad. Una es la que me importa. Una y más ninguna...

Pero Papá Lorenzo te esperó esa noche con los brazos cruzados.

–¿De nuevo borracho? –dijo sin mucho escándalo. Y te golpeó en silencio, secamente, como nunca antes.

–¡Esa no es la forma! –protestó desde la cocina Mamá Pepita.

–¿Y cuál es la forma? ¡Dime! ¿Tú la sabes?

Se fue y regresó después con la corte de patriotas.

–¡Míralos bien! –dijo–. Quiero que me jures solemnemente que es la última vez en tu vida que...

Los patriotas te miraron indignados.

–¡Jura!

La pelota golpeó de nuevo sus espaldas.

Bien.

No estaba llorando. Las muchachas habían pasado y ahora estaban lejos. Sintió las gotas de sudor correr como lagartijas por sus muslos. Entonces escuchó el silbido de Papá Lorenzo. El silbido inconfundible de Papá Lorenzo desde el Callejón del Jorobado.

–¡Estoy frito! –pensó.

Trató de echar a correr.

–Ahora no puedes irte, gallo –dijo El Hueso cerrándole el paso–. Estás cumpliendo.

Los Chicos Malos ya habían hecho ruedo a su alrededor. Era ruedo para todo. Para las arañas. Para contar chistes. Para sacar sus asuntos y frotarlos locamente hasta un final que nunca llegaba. Para fumar, para jugar, para orinar, para pelear.

–Quieto, gallo– dijo El Hueso. Y Agar se sintió caer de una zancadilla.

Papá Lorenzo volvió a silbar desde el Callejón mientras Agar estaba llorando en el suelo, con una rodilla poderosa sobre su pecho y una mano dura alrededor de su cuello.

–¡Cómo llora! –dijo Quico Costillas con voz de mariquita.

–¡Déjalo, gallo...ahí viene el padre!

Agar se incorporó limpiándose rápidamente las lágrimas. Papá Lorenzo cruzó el bosque de romerillos y llegó hasta él.

–¿Quién te pegó? –quiso saber.

–Fue jugando.

–¿Quién fue?

Agar miró al Hueso sin responder. El muchacho se dobló fingiendo un dolor en las costillas.

—¡Pégale! —ordenó secamente Papá Lorenzo.

—Estábamos jugando...

—¡Pégale! —insistió Papá Lorenzo— ¡Quiero que te fajes, cabrón! ¡Pégale!

De modo que comenzaron a pegarse. Flojo al principio. Duro y en silencio después. Agar sentía la lluvia de golpes sobre su cara y contraía las mandíbulas sin chistar. Daba brazadas ciegas sobre el rostro del muchacho, y sentía que a veces sus golpes lograban hacer daño. Lloraba fríamente. Sin mover un pliegue de la cara. Al final, Papá Lorenzo se lo llevó por la nuca, después de insultar a los Chicos Malos.

—¡Anda a la cama, cabrón! —dijo Papá Lorenzo ya dentro de la casa.

En el cuarto, Agar escuchó a Mamá Pepita trastear con los cacharros de la cocina, y desde allí le llegó el olor inconfundible de los garbanzos.

A LAS DIEZ BOTELLITA DE JEREZ

–Estamos en el oeste, hijo –dijo el viejo Jerome–. Y éste que aquí ves no es otro que Tombstone: «El Pueblo que se Negó a Morir».

–Te quedarás en tu cuarto –dijo Mamá Pepita. Después cerró la puerta y lo dejó solo en su habitación.

El viejo Jerome echó a correr hacia el pueblo. Agar se volteó sobre la cama y pensó que a esa hora los Chicos Malos estarían correteando por El Paso de Gómez, cazando arañas o explorando la maleza.

Paseó la vista por el cuarto y comenzó a jugar con las grietas de las paredes. Porque, con las grietas de las paredes y un poco de imaginación, el tiempo pasaba volando.

La grieta de la esquina volvió a ser El Sargento York, con su casco y su mochila. El descascarado de la pared del baño formó una legión de soldados en zafarrancho.

Le hubiera gustado ir a una guerra. Le hubiera gustado probarse contra las balas. Sentía que sólo convirtiéndose en un héroe podría librarse de su pasado. De modo que a veces era El Sargento York, y otras Viosil Libios, el Hombre más Vil del Mundo, y otra reaparecía en Veracruz matando indios con un revólver al que nunca se le acababan las balas. Pero aquella tarde fue en Tombstone, Arizona.

Cerró los ojos.

Amarró el caballo a la entrada del pueblo y escupió sobre la tierra seca. Iría a pie.

Treinta años había esperado este momento. Se ajustó las pistolas y echó a andar lentamente. El reverendo

Cunnings fue el primero en verlo. Miró al cielo y se apresuró a cerrar las puertas de la iglesia. Sonaron al vuelo las campanas y el pueblo se asomó atropelladamente a las ventanas.

—¡Es el hijo del viejo Lorenz! —gritaron desde el Saloon. Escuchó las mesas de póker removerse con estrépito y el vals de la pianola que languidecía. Quedó así, con las piernas abiertas, parado en el centro de la calle principal. El tiempo pareció detenerse en Tombstone. Briznas de yerba pasaron rodando sobre la calle vacía.

Estaban asustados. Todos estaban asustados. Sólo el juez Parker, apoyado en sus muletas, se atrevió a hacerle frente.

—Escucha, Bronco... escucha la palabra de un viejo y después, haz lo que quieras. Pero... ¡que el diablo me lleve si no haces bien en perdonar!

—¿Dónde está? —dijo.

—«Pop» Lorenz hace mil años que salió de aquí. ¡Que el diablo me lleve si no es así! Fue hacia Yuma, quizás —dijo el viejo Parker mirando nerviosamente hacia la herrería.

—¡Apártese! —dijo bruscamente Bronco Joe.

—¡Oye la palabra de un viejo, hijo! —exclamó el juez, sintiéndose descubierto—. Olvida el pasado... ¡sé que puedes hacerlo!

—Olvidar... —murmuró Bronco Joe—. ¡Es difícil olvidar!

—¡Déjalo ya, Parker! —escuchó a sus espaldas. Era la voz inconfundible de «Pop» Lorenz.

Se volteó bruscamente y volvió a verlo por primera vez en treinta años. Lágrimas de indignación pujaron por salirle.

—¡Déjalo ya! —repitió el viejo Lorenz—.¡Dios sabe que no me arrepiento de nada!

Agarró un puñado de tierra y lo echó en dirección a Bronco Joe.

–¡Eso eres tú! –gritó–. ¡Lodo!

Bronco sonrió imperceptiblemente y dijo:

–El mismo viejo Lorenz de siempre, ¿verdad?– Se acarició la barba pensativo–. Me gusta que sea así –dijo después–. Una vieja duda se resuelve.

Y dejó caer las palabras suavemente.

–¿Matarte... o no matarte?

–¿Y qué decidiste? –gritó «Pop» Lorenz –. ¡Dilo de una vez por los clavos de Cristo!

Súbitamente el viejo Lorenz hizo ademán hacia sus pistolas. Bronco lo dejó hacer hasta que casi lo vio tocar las cachas de sus colts.

–¡Ahora!– dijo, tirando de las suyas.

Los revólveres de «Pop» Lorenz volaron por los aires. Cayó al piso de rodillas, con las muñecas bañadas en sangre.

–¡Acábala de una vez! –gritó el viejo Lorenz con ira.

–No...– dijo Bronco Joe–. He esperado treinta años para esto. Para perdonarte...

Salió lentamente del pueblo, por el centro de la calle principal.

–¡Es un hombre del Oeste! –gritó el viejo Parker enarbolando su muleta. Pero él no lo oyó. Cabalgaba ya muy lejos. Rumbo a las dulces praderas de la gloria.

Así sucedió en Tombstone, Arizona: «El pueblo que se negó a morir».

73

A LAS ONCE CAMPANA DE BRONCE

Todo aquello había pasado. Lo recordaba ahora en soledad. Cerraba los ojos y era como si montara en el Trompo del Tiempo de Buck Rogers y aterrizara en el planeta del Nunca Jamás. Donde podía cambiar el pasado a su antojo. Recordó entonces el haz de historietas bajo la cama. «Cuentos de Brujas», «Frontera», «El que la Hace la Paga», «Supermán», «Historias de Walt Disney». Sentía que dejaba atrás a Walt Disney. Antes había vivido de él, y había soñado con ser Pánfilo Ganso, el afortunado que encontraba diamantes por donde quiera. O Rico Mac Pato, el tío del Pato Donald, que nadaba en sus millones y comía perros calientes para ahorrarse diez centavos. Le gustaba Tío Rico. Le hubiera gustado ser así.

El dueño de la casa donde vivía era un gallego ricachón muy parecido a Tío Rico. Se paseaba los domingos por Santa Fe con un bastón de cedro igual que Tío Rico. Tenía las manos llenas de sortijas como el mismísimo Tío Rico.

–Lo ziento...lo ziento...el cobro es eztrito. Págueme usté. ¡Bien! Esperaré hasta el lunes.

–El señor Castelón es simpático– comentó Agar aquel día.

Mamá Pepita lo miró con dureza desde la cocina.

–Es un buen cabrón– dijo.

No comentó más. Le hubiera gustado ser sobrino de Castelón. Tío Rico Castelón, el viejo de oro que nadaba sobre billetes de banco.

Dejó las historias de Disney.

El Ratón Miquito había quedado buscando diamantes en la Isla Perdida.

Pánfilo Afortunado había encontrado el tesoro de Tutankamen.

Tribilín se perdió para siempre bajo un alud en el Himalaya.

Prefería ahora «Cuentos de Brujas», «El Spirit», «Historias Macabras». Aunque sabía que por las noches tendría insomnio y le tocarían la planta de los pies.

Abrió la historieta:

Esta es la historia de Clay Putnam. El hombre que ocultaba un secreto. El desconocido que siempre caminaba con una caja sobre el hombro. ¿Qué ocultaba Putnam? El pueblo se lo preguntaba. En la iglesia la gente dejaba de orar y volvía los ojos a él, que rezaba sin bajar la caja de su hombro.

Una tarde de invierno Clay Putnam entró en el Café de Peter. Pidió «gin» en una copa.

–Lo siento, Putnam –dijo el barman–. No le puedo despachar hasta que no abandone esa maldita caja que lleva siempre en el hombro.

–¡Déjeme en paz! –gritó Putnam–. ¡Déjenme en paz con mi condenada caja!

Los hombres dejaron los tragos y lo rodearon en son de pelea.

–¿Qué llevas ahí, hechicero?

–¡Enséñanos que escondes en esa caja, maldito brujo!

–¿Qué viniste a hacer a Finstown, Putnam? ¿Viniste a embrujarnos, acaso?

Putnam reculó hacia la puerta y echó a correr calle abajo con su caja.

–¡A él, al brujo, cogedle, pues es el mismísimo demonio!

Cayó al suelo. Los hombres llegaron jadeando hasta él. La vieja Carson Mac Cullers alzó la estaca de madera y la dejó caer con fuerza sobre su corazón. El corazón de Clay Horace Putnam, «El Hombre de la Caja Misteriosa».

—¡Abrid esa caja! —ordenó la Mac Cullers—. Acabemos de descifrar este misterio.

El viejo Edward Albee se inclinó hasta el muerto. Una atmósfera de expectación envolvía a los hombres.

—¡Ahí va! —gritó Albee destapando la caja.

—¡Jesús! En el nombre del Padre...

Y los ojos atónitos de los vecinos de Finstown contemplaron el horrible secreto de Putnam: ¡Otra cabeza sobre su hombro!

Ese era el misterio de Putnam. «El Bicéfalo de Finstown».

Agar se estremeció. El dibujo de la otra cabeza le impresionó vivamente. Estaba leyendo ahora «Vampiros del Campanario», cuando sintió la puerta chirriar a sus espaldas.

—¿Qué haces? —preguntó ásperamente Mamá Pepita—. ¿Por qué estás temblando? ¡Anda a la mesa! —dijo, volviendo las espaldas—. Quiero que bajes ese plato de garbanzos sin chistar.

A LAS DOCE UNA VIEJA COSE

Volviste al cuarto.

Podrías jugar también a «Los colores que ve un ciego». Te tapas los ojos y los aprietas bien con tus dedos. Así llegará el dolor, pero verás un caleidoscopio de luces y colores desconocidos. Y sobre todo, un punto rojo en el centro. Por donde te escaparás y podrás verte desde adentro.

Abuela Agata podría decirte ahora que te vas a quedar ciego de tanto apretar, pero a ti, en el fondo, la idea no te disgusta.

«Quedarme ciego. Caminar con un bastón de punta roja y estar protegido por todos. Entonces Papá Lorenzo no podría alzarme la mano y yo comería lo que me diera la gana y los domingos iría al cine a ver tal o más cual película y...¡Coño! ¿Cómo un ciego va a ir al cine?»

De modo que preferiste quedarte como estabas. Aunque recordaste aquel chiste viejo que decía: «Eran las doce de la noche y el sol rajaba las piedras. Bajo un farol apagado un ciego leía un periódico sin letras».

Te echaste a reír.

Eras realmente feliz a solas.

–¡Ah! –dijiste. Y pensaste. Y pensaste en tu pene. Aunque no lo sacaste porque Mamá Pepita podría entrar cuando quisiera y de sólo pensar la escena te morías de bochorno.

Quizás dijera: ¡Asqueroso! ¿Esas son las puercadas que aprendes en la escuela?

Y al decir «escuela», recordaste que pronto pasarían las vacaciones y otra vez tendrías que verle la cara a

Agrispina Pérez Pérez, la maestra de Quinto. ¿Recuerdas? Aquel día daba una clase de Anatomía Descriptiva.

—Este —dijo Agrispina— es el riñón. Aquí están la vejiga y el hígado. Y éste es el conducto urinario.

Y pegó sobre el mapa humano con su varilla de pino. Henry se movió detrás de ti excitado.

—¿Viste? —susurró—. Agrispina pegó sobre los huevos...

Agrispina continuó cantando la clase con voz de soprano, y se paseó por el aula mirando un punto en el techo. En la playa Santa Fe decían que no tenía marido. ¿Era verdad? De cualquier manera los Chicos Malos lo decían, conversando en ruedo a la hora del recreo.

Los Chicos de un lado y los maestros del otro. Ambos grupos conversando por lo bajo y mirándose con recíproco rencor.

A veces Agrispina llamaba a alguno del grupo y lo hacía plantarse delante de ella. Se volvía después a los demás maestros y decía con desprecio:

—¡Mírenle el tipo! —Y con la misma, indicaba con un vaivén de manos— ¡Ya puedes irte!

La odiaban. Incluso un canto habían sacado los Chicos Malos sobre ella. Tú lo recordabas ahora que pintabas una mujer desnuda.

«La maestra Agrispina Pérez Pérez no se casa como todas las mujeres. Calabaza calabaza y el culo le huele a grasa».

—El cuerpo humano está compuesto de 204 huesos, como ustedes saben— dijo esta vez. Dejó caer después la varilla sobre la cabeza de Ulises, un muchacho encogido y silencioso que pasaba la vida dibujando naves marcianas. Después se volvió hacia ti y te agarró fuerte por la oreja.

—Dame el papelito, criatura —dijo Agrispina Pérez Pérez—. ¿Crees que no he visto la cochinada que has pintado?

Quedaste lívido. Te pusiste de pie y rápidamente llevaste el dibujo a la boca.

—¡Se lo tragó! ¡Se lo tragó! —cantaron las voces.

—¡Escúpelo! —ordenó Agrispina—. ¡Escúpelo o me quedo con tu oreja!

Papeles son papeles. Y un papel de libreta no pasa por una garganta seca. Y tú sentiste traquear el cartílago.

—¡Escúpelo!

Lo echaste. La bolilla cayó al suelo y ella se agachó a recogerla con toda su calma.

—¡Jé! —sonrió satisfecha—. ¡Qué bueno está esto!

—Despídete esta vez, Agar —susurraron voces expectantes—. Te van a botar. Te van a botar.

Agrispina se caló los espejuelos de alambre y comenzó a estirar en el buró la bola de papel ensalivado.

A ti te pareció que se abría la tierra a tus pies, y volvías a caer, caer, caer al vacío.

—¡Espléndido! —exclamó Agrispina—. Y muy ilustrativo, muy ilustrativo, muy...

Y sonó el timbre. Pero tú quedaste adentro. Con Agrispina y el olor del aula muerta.

Un olor distinto. Sin el sudor de los niños. Sin el cuero de las maletas. Desde las paredes te volvieron a mirar duramente los patriotas.

—¡Jura! —dijo Papá Lorenzo saliendo de repente en el recuerdo.

—¡Hola! —dijo Bugs Bunny saltando dentro de tu cabeza.

Agrispina te miró en silencio. Con el dibujo de la mujer desnuda entre sus manos.

79

—Me gustaría saber —dijo—, ¿qué tienen en la cabeza todos ustedes? ¿Crees que no sé lo que hacen reunidos en círculo a la hora del recreo? ¡Sacarme tiras del pellejo, eso hacen! Y hablar puercadas y escribir indecencias de mí en el inodoro.

La miró sin expresión.

—¡Y ahora tú pintas esto!

Y blandió el dibujo de la mujer.

—¿Quién te dijo que las mujeres eran así por debajo de la ropa? ¡Dime! ¿Te lo dijo tu padre? ¿Quién? Estoy esperando... ¡Anda!

Esta es la isla de Cuba, descubierta por Colón. También venía Rodrigo de Triana. ¿Qué hizo Colón al poner el primer pie en la isla?

—Pues poner el otro, gallo. Si no, perdía el equilibrio.

Risas. Risas. Risas.

—¡Nombres!

—¿Quién?

—¡Hola! —dijo Bugs Bunny.

«Juar, juar, juár, juar»

«Estamos en el Oeste, hijo... en el Oeste... en el O...»

Cabeceabas. Te hubieras querido convertir en una hormiga. Hubieras querido decir como Marijuana: «Tafe, tufe, tifo: háganme tan chiquito como Sifo».

—¡Me cago en Marijuana! —pensaste a gritos.

Agrispina cayó desfallecida en el pupitre.

—Anda... —dijo, agotada—. ¿Qué dicen los muchachos de mí? ¿Cómo es eso que cantan?

«Anda...»

«Dime...»

«Cántalo...»

A LAS TRECE UN ENANO CRECE

A mediodía llegaron los muchachos del Club Rotario. Venían en una camioneta gris, con las palabras «Rotary Club International», grabadas en la puerta.

Papá Lorenzo salió a su encuentro en short y camiseta, y Mamá Pepita corrió al baño a arreglarse rápidamente.

—Un día van a decir que soy la criada —rezongó desde allí— ¡Un trapo es lo que soy, un trapo!

Agar vio bajar a los rotarios del vagón, con pitos y matracas de carnavales.

—¡La tropa terrible! —saludó Papá Lorenzo ensayando la mejor de sus sonrisas.

Y bajaron: El viejo Benitín Martínez, short stop del equipo de softball del Club Santa Fe. El gordísimo Eneas de la Vega, pitcher. Ambrosio Choraliza, dueño de la bolera «La Principal» y miembro suplementario del Consejo Consultivo del Club. Mingo, el barbero, «el hombre que más sabe de Grandes Ligas en toda la playa» a decir de Papá Lorenzo. Ciriaco Sardinas, Presidente de Honor del Club, que cargaba la campana de los rotarios y le daba con un martillo pidiendo: «Que el relajo sea con orden».

—¡Qué dice ese viejo playero! —saludó Ambrosio Choraliza abrazando fuerte a Papá Lorenzo.

—Venimos a tumbarte «la fría», viejo cuchufletero —confesó Mingo, frotándose las manos con expresión de picardía.

–¡Orden! –pidió Ciriaco Sardinas dando en la campana–. Eso de cuchufletero no lo acepto. Como presidente del Club prohibo toda clase de indirectas.

–¡Caramba, gentuza! –dijo Papá Lorenzo en medio de las risas colectivas–. Parece que vienen a pegarme la gorra de verdad.

–¡Vamos, Lorenzo, un día al año, viejo...!

Risas.

Papá Lorenzo entró un momento en la casa y fue hacia Agar.

–Ve a casa de Núñez y anda a que te fíe una docena de cervezas. Las traes y las pasas por el fondo.

Mamá Pepita salió del baño. Había dejado sus aires de tragedia en el espejo y ahora lograba sonreír ampliamente.

–¡Señora! –saludó Benitín haciendo una reverencia medieval.

–¡Caballero, parece que los años no pasan por aquí! –comentó Eneas de la Vega, mirando con picardía a Mamá Pepita.

–¡Ay! –fingió abochornarse ésta, siguiendo la broma–. Verdad que usted es bromista, Eneas, tan cumplidor...

–Señora, Eneas de la Vega no adula, pero reconoce la virtud. Ese es mi slogan.

Otra reverencia.

–¡No te inclines mucho, viejo! –advirtió Choraliza–. Mira que se te pueden partir las bisagras.

Risas.

–¡Yo estoy entero! –gritó Eneas en medio de las carcajadas.

–¿Tú crees? –dijo Benitín–. El otro día jugando softball por poco te quedas jorobado para siempre. ¡Te vamos a tener que poner un patín en la frente, viejo!

Nuevas risas.

–¿Qué pasa, Eneas? –preguntó Papá Lorenzo fingiendo seriedad–. ¿Vas a dejar que te tiroteen así?

–Déjalo, viejo –dijo Eneas con aires de perdonavidas–. Hoy es domingo.

Agar llegó con las botellas. Papá Lorenzo lo vio entrar de reojos por la puerta del fondo y dijo a Mamá Pepita:

–Vieja, ponle música a esto.

–¡Yo sabía que se podía venir a esta casa! –exclamó eufórico Ciriaco Sardinas.

–Ustedes tienen buen crédito aquí –dijo Papá Lorenzo.

Bebieron. Agar les vio hacer a través de las persianas. Desde allí exploró sus rostros y figuras y se entretuvo en buscarles parecido con los personajes de historietas.

–Oye, viejo –dijo Ciriaco–. Ayer me ofrecieron un studebaker del 54. Joya. ¡Pero joya! ¿Sabes cuánto?

–¿Cuánto? –quiso saber Papá Lorenzo fingiendo interés.

Agar lo veía fingir y se preguntaba si los viejos rotarios no se darían cuenta también de que todo era mentira.

–¡Dos y medio! –dijo Ciriaco Sardinas–. ¡Dos y medio!, viejo.

–Yo no lo creo –opinó el gordísimo Eneas de la Vega– ¡Señores! Un Studebaker del 54 es, aquí y en el Congo Belga ¡un Studebaker del 54!

–Bueno...bueno...–interrumpía Ambrosio Choraliza–. Por ahí vuelve la parte sentimental del asunto.

Y señaló para Mamá Pepita que venía con la bandeja, llena de nuevas copas.

–¡A h h h h!

–¡Y las anchoas oyendo la conversación! –señaló Mingo, el barbero–. ¡Caballeros, que nada mejor que una cerveza bien fría y un buen masacote de anchoas para ver pichear a Warren Span! ¡Caballeros, un fenómeno!

Agar se tumbó sobre la cama. Sabía que ahora la conversación sería de pelota durante media hora. Y después Ambrosio Choraliza hablaría de algo así como «La futura reparación de las alcantarillas de la playa Santa Fe». Y la cuestión pasaría a la agenda de Ciriaco Sardinas, quien la tomaría en consideración para el próximo lunes, en la asamblea semanal. Cerró los ojos. Sabía lo que pasaría después. Los rotarios se marcharían. Y Papá Lorenzo y Mamá Pepita los irían a despedir hasta la verja, con recuerdos para las respectivas familias y besos para todos.

Y después Mamá Pepita recogería las botellas, cargaría la bandeja y llevaría todo a la cocina. Y Papá Lorenzo quedaría un rato más en la verja, hasta que el camión de los rotarios doblara por la calle doce y se perdiera definitivamente. Entonces desaparecería su sonrisa y dejaría caer los hombros con abatimiento.

–Cretinos...–diría después. Con un cansancio viejo, profundo.

Y Agar escucharía desde el cuarto a Mamá Pepita rebuscar en el Baúl de las Fotos de La Infancia, y la oiría decir:

–Esta foto me la tomaron a los quince...¿Fue a los quince o a los dieciséis? Bueno, para el caso, viene siendo igual.

A LAS CATORCE UN VIEJO COSE

Los rotarios se habían ido.

Desde su cuarto, Agar vio a Papá Lorenzo entrar y caer abatido en el sofá.

La tarde era clara y asfixiante y flotaba en el aire un polvo de modorra. Papá Lorenzo hojeó las historietas del Diario Nacional y al cabo de un rato dejó escapar una sonrisa moribunda.

Papá Lorenzo guarda misterios. Tiene dos caras, como el bicéfalo de Finstown. Juar, juar, –ríe– y con la otra cara está diciendo: ¡Mal rayo los parta a todos!

Mamá Pepita pasó rumbo al cuarto.

–Cambia esa cara, hijo –comentó, al pasar junto a su esposo.

Papá Lorenzo la miró y dijo con acidez:

–¡Estoy muy contento! Seguramente tengo motivos para estarlo...

–En esta casa se respira siempre un ambiente de velorio –dijo Mamá Pepita.

Y se fue al cuarto y Agar la escuchó trastear con las fotos viejas.

Silencio.

Papá Lorenzo dejó caer los periódicos y quedó mirando un punto en la pared. Lelo.

–Yo sé que soy una bestia –admitió después, sin referirse a nadie–. No puedo ser de otra forma. No puedo.

Se olió bajo los brazos y dejó caer las espaldas en el sofá.

Agar sabía lo que vendría ahora. Sabía lo que haría Papá Lorenzo desplomado a lo largo del sofá, mirando sin expresión un punto en la pared. Ahora Papá Lorenzo escribiría sobre el vacío con la punta de su dedo. Escribió:

STALIN

—Hombre de Hierro... —murmuró después Papá Lorenzo. Parecía tremendamente agotado. Su cara, surcada de rayas, fue amarga cuando dijo: «¡Camaradas!; todo el mundo conoce ya la historia de las fuerzas productivas y las relaciones sociales de producción. Todo el mundo conoce la ley de los Cambios Cuantitativos y Cualitativos. Y todo el mundo sabe de la alianza indisoluble del campesinado y el proletariado». Su voz era dramática. Teatral. Agar la escuchó retumbar en la soledad de la sala y pensó que si hubiera sido el público de Papá Lorenzo no le hubiera gustado su estilo de discursear.

Papá Lorenzo saltó del sofá y volvió a la carga, dirigiéndose a las paredes silenciosas: «Una superestructura deficiente corresponde a una base económica deficiente. Y la podredumbre de esta sociedad, hay que buscarla en las raíces sociales y materiales de este pueblo de miseria. Esta isla de corcho que flota gracias a la magia y al choteo de todos sus componentes. ¡A h h h h! Pero ya están dispersas las tropas de Moctezuma. Ya están viejas las banderas del Partido Comunista. La tierra prometida no vendrá. Como no vendrá el tren de dinamita ni la cabeza de un guanajo. ¡Camaradas! ¡La Revolución necesita savia nueva! ¡Sangre nueva! ¡Caras nuevas! Esta es la verdad nunca revelada. Esta es la razón de todas las razones...»

«Aplausos», pensó Agar. Asomaba su ojo por un resquicio de la puerta y veía a Papá Lorenzo con el brazo levantado y el dedo apuntando a la lámpara del techo. Cayó el brazo. El dedo volvió a su natural engrifamiento. Papá Lorenzo se dejó caer de nuevo en el sofá.

–Soy un mierda– dijo desde allí. No parecía decirlo con amargura. Lo decía con convencimiento y algo de resignada indiferencia–. ¡Todos somos unos mierdas! ¡Tú!– dijo volviéndose al cuarto donde Mamá Pepita trajinaba con las fotos viejas–. ¡Yo! –dijo–. ¡Y hasta ese chiquillo desesperante que has parido!

Agar escondió la cabeza bajo la almohada.

Papá Lorenzo se repantigó en el sofá y suspiró profundamente.

–En fin...–suspiró–...mierda.

Y quedó callado, con los ojos perdidos en el techo.

–¿No vas a seguir gritando? –quiso saber Mamá Pepita con fingida indiferencia–. Grita más, bobo. Para que te oigan los vecinos. ¡Grita más, anda!

–¡Grito cuanto quiero! –gritó Papá Lorenzo–. ¡Esta casa la pago yo con mi dinero!

Mamá Pepita dejó caer las fotos con fuerza y salió a la sala. Agar previó la tormenta y cerró furtivamente la puerta del cuarto.

–Ese niño está escuchándolo todo– dijo Mamá Pepita–. Y afuera se escucha todo como si estuvieran dándolo por radio.

Agar cerró los ojos lentamente. Volvía a la absoluta oscuridad y repasaba su vida y los recuerdos le venían atropellados.

–Tu padre es un comunista muy extraño –dijo Abuela Agata–. Primero recogía votos y organizaba huelgas y hasta me hizo votar por la candidatura Popular. Y ahora

87

se hizo contador público, y te quiere meter en un colegio de ricos, y al carajo las huelgas, y los votos, y yo sigo afiliada a esa Candidatura Popular, ¿eh? ¡Ahora resulta que es rotario! Comunista y Rotario Internacional. No entiendo. «Es una cuestión de táctica», dice. ¿Táctica? Yo no entiendo nada de táctica. ¡Que me devuelva mi carnet electoral! ¡Eso es lo que quiero!

Y metió la cabeza dentro del caldero y raspó el fondo con la espumadera. La sacó de nuevo para decir:

–¿Crees que no sé que los comunistas acabarán con los negocios de cantinas si toman el poder? ¡Tu mismo padre me lo dijo! Con la estrella de Lenine y Staline acabarán con mis cantinas. ¡No! ¡Estoy votando contra mí misma! ¡Que me devuelva mi cédula! Quiero votar por el Partido Auténtico. Y recuerda esto, mi hijo:

«Viva el Comunismo, viva la amistad, y si tienes dos pesetas, regálame la mitad».

Y rió, envuelta en el humo de los calderos. Como aquella bruja de «Historias Macabras» que volaba hacia los campanarios sobre una escoba despelusada.

¡Comunista!, pensó Agar. No quisiera que mi padre fuera comunista. Comunista es también "El Rey Cobra" y vuela en un avión a chorro comunista, y tiene su base en la Isla Roja, desde donde ataca a los Halcones Negros. Chuck, Olaf, Endrickson, Stanislaus, André el francés, y el chinito Chop Chop.

¡Diantre! Me gustaría estar en ese grupo. Y pasaría entre el ruedo de Chicos Malos con un halcón grabado en la camisa. Y Papá Lorenzo vendría, sin chiflarme, y me pediría con toda humildad que volviera a casa.

–Lo siento –dije yo.

–Te pesará –dijo Papá Lorenzo.

Y después fue y regresó en «La Rueda Infernal» y trató de pasarnos por encima.

–¡Mueran, perros capitalistas! –iba diciendo Papá Lorenzo. Y nuestras balas se estrellaban contra las orugas de su rueda.

Abrió los ojos. El sargento York volvió a aparecer en la pared del baño. Recordó que él también se había batido en los «Frentes de Guerra». Como aquel día en que estaban los dos envueltos en el humo del combate.

–¡Arriba, muchacho! –dijo el sargento York. Sudaba copiosamente y estrujaba un papel en la mano.

–¡Brinca de una vez, muchacho! Es el pueblo chino el que pide tu ayuda contra los Rojos.

Agar se dispuso a saltar.

–¡Espera!– dijo York. Lo sujetó por el hombro, tendiéndole algo.

–Toma, muchacho. Es un billete de cinco dólares. Algo estrujado, pero aún vale. Cuando acabe este infierno, hijo...bébete una buena cerveza a la salud del viejo sargento York. ¿Lo harás?

–¡York! –gritó Agar–. ¡Sargento York!

Había muerto.

Agar miró el campo de batalla y comprendió que el combate se decidía allí, en aquel preciso momento. Y, sin pensarlo, se lanzó furiosamente sobre el enemigo. Sobre los chinos rojos y amarillos de Corea.

No. Definitivamente no le gustaban los comunistas.

El Halcón, el Sargento York y todos los demás eran lindos, y los comunistas calvos y sin dientes.

–Todos con el culo remendado –decía Abuela Agata. Todos con olor a taller de bicicletas.

A LAS QUINCE TE RAYO EL LINCE

La tarde pasaba. Dentro del cuarto sintió el aire pesado y cargado de modorra.

La tarde pasaba y él había pasado casi todo el día castigado. Las vacaciones se iban y él había pasado casi todas las vacaciones castigado.

Hubiera dado una mano por salir afuera. La hubiera puesto en la pira de Odín y le hubiera dicho al dios de los Vikings:

–¡Quema!, pero déjame salir.

Asomó el ojo por la puerta entornada. En el sofá, Papá Lorenzo escribía un largo discurso sobre el aire. Pensó que podía pedirle permiso. Aunque después pensó que si lo pedía, Papá Lorenzo podía volverse de espaldas y hacerse el dormido. O bien podía decir:

–¡Pídeselo a tu madre!

Y entonces él iría a donde Mamá Pepita y ésta diría:

–¿Yo? ¡Pídeselo a tu madre!

Y así iría, dando vueltas de un lado para otro hasta que reventaba a llorar de indignación.

No obstante, la Voz Interior le sugirió esta vez:

–Pídeselo...¿que pierdes?

–Puede salirme con una patada de mula –reconsideró.

De modo que decidió apelar al Destino Imaginario y concibió una fórmula para decidirse de una vez.

Papá Lorenzo escribía en el aire de espaldas a él. Si se volteaba, le concedería lo que pidiera.

Esperó.

Esperó.

Esperó.

Papá Lorenzo se fue volteando lentamente. Su corazón latió con fuerza.

Llegó hasta el sofá. Papá Lorenzo recogió el periódico del suelo y volvió a abrirlo por la página de las historietas.

–Voy al cine –balbuceó Agar.

Papá Lorenzo comentó:

–¿Se habrá muerto por fin Anita la Huerfanita?

–Voy al cine...

–¿Cómo?– fingió escuchar por primera vez Papá Lorenzo.

–Voy al cine –repitió Agar.

–Si tienes el dinero, yo no me opongo –dijo Papá Lorenzo.

–Papá, todo el mundo va hoy al cine. Echan una película de Red Ryder.

–No hay dinero –dijo Papá Lorenzo sin quitar la vista del periódico.

Agar sabía que corría un riesgo si insistía. Sin embargo, lo hizo.

–Papá... ¿no tienes 70 centavos? Es todo lo que vale la tanda.

Papá Lorenzo lo miró irritado. Después se volteó en el sofá, dándole las espaldas.

–No vayas...– dijo desde allí–. Los indios siboneyes nunca iban al cine, y eran felices.

Mamá Pepita soltó los cacharros y vino desde la cocina.

–¡Eres un salvaje! –gritó–. Todo lo arreglas con los indios. Y yo no me pongo un vestido nuevo desde hace cinco años, sencillamente porque los indios iban en cueros, ¡y eran felices! Y ando con estas greñas horribles desde hace seis meses, sencillamente porque los indios no se hacían el cold wave,¡y eran felices! Y todo con los indios. ¡Los indios se acabaron!

Gritaba.

Papá Lorenzo, vuelto de cara al respaldo del sofá, se hacía el dormido. Al final, abrió los ojos, fingió una sonrisa de comerciales, y dijo:

—No hay dinero.

Mamá Pepita refunfuñó de nuevo y comenzó a dar vueltas alrededor del sofá, buscándole el frente a Papá Lorenzo y echándole en cara su indolencia. Finalmente logró irritarlo. De modo que Papá Lorenzo se tiró del sofá y corrió hacia el cuarto y comenzó a voltearlo todo diciendo:

—¡NO HAY!

Y así viró las gavetas y el ropero, y así comenzó a vaciar «El Clóset de los Recuerdos». Gritando:

—¡NO HAY! —y tirando los libros de Bujarin y Kropotkine.

—¡NO HAY! —dijo, estrellando las fotos de Stalin contra las paredes.

—¡NO HAY! —dijo, desperdigando los viejos periódicos comunistas.

—NO HAY. NO HAY. NO HAY. NO HAY.

Y cayó al fin, extenuado, sobre el reguero de ropas y libros rojos. Resoplando.

—Estoy asqueado— dijo entonces Papá Lorenzo—. Y esta vida es una cabrona conmigo.

DIECISÉIS: ¡HUYE QUE TE COGE EL BUEY!

Agar aprovechó la confusión y salió al patio. Los gritos de Papá Lorenzo se escuchaban aún desde la casa. Se echó al final, detrás del lavadero de Mamá Pepita. Contempló desde allí un cielo increíblemente azul con unas nubes increíblemente blancas.

«Jugaré a las nubes» –pensó.

No le fue difícil descubrir al sargento York, de casco y mochila, disparando desde el cielo.

La nube, en su trayecto de tortuga, se desfiguró después y fue un apache enfurecido. Y después fue Tonka; el caballo salvaje. Y después una araña en un círculo de piedras. Al final tomó la forma de un inmenso conejo. Era Bugs Bunny, «El Conejo de la Suerte».

–¡Adiós, amigo! –saludó Bugs Bunny levantando una mano de humo blanco.– Nos vamos al país de las zanahorias gigantes...

Papá Lorenzo pasó también, seguido de Agrispina Pérez Pérez y la bruja de «Historias Macabras» y el bicéfalo de Finstown.

Se acarició el pene. Ahora sí podría sacarlo sin problemas. Allí, al final del patio, Mamá Pepita jamás podría tomarlo de sorpresa y él podría guardarlo antes que lo vieran.

De modo que lo tomó, definitivamente, entre sus manos, y lo frotó como un buen boy scout frota una rama de pino para hacer fuego en el bosque oscuro.

Sólo jugaba.

Porque aquellas cosquillas que anunciaba Tín Marbán, él nunca las sentía.

Estuvo un tiempo así, frotándose mientras revisaba absorto las nubes. Descubriendo en ellas nuevos rostros, objetos y personajes que formaban en su lenta marcha hacia el oeste. Cerró los ojos.

La gran vedette Tongolele, anunciadora del aceite Sensat, lo descubrió en su camerino.

—¡Hola! —exclamó desconcertada—. ¿Estabas aquí?

Cuasimodo la vio alzar la pierna y zafarse las ligas. Quedó entonces descalza sobre la alfombra, y paseó así por la habitación, con el zíper descorrido.

Se volvió hacia Cuasimodo después, y haciendo un mohín de indiferencia se libró de los tirantes. Cuasimodo contempló sus tetas temblar libremente y se abalanzó hacia ellas.

—¡Qué haces, monstruo!

La atrapó entre sus manos. Sentía latir su corazón en la punta de su falo. Su gigantesco falo de dieciocho pulgadas.

Tongolele cayó definitivamente vencida, sobre la alfombra de su camerino. Cuasimodo atravesó violentamente aquel cuerpo blando, escuchando crujidos de membranas y chirridos de gandingas. La gandinga de Tongolele, la gran vedette del Aceite Sensat. La mujer de las tetas fabulosas que...

Se estremeció de repente.

La cabeza le dio un vuelco inesperado.

Sintió que algo se desprendía en su interior.

Algo se soltaba después de haber estado miles de años encerrado. Nuevo. Desconocido. Algo que lo sacudió hasta la médula de los huesos y le provocó fuertes retortijones de placer.

Algo había hecho erupción en sus cavernas. Y ahora se miraba las manos con grandioso estupor.

Lava blanca y espesa.
Lava pegajosa como la saliva del catarro.
Como el mismísimo almidón.
Comprendió todo de un golpe en aquel momento decisivo. Con una calma desconocida se incorporó y fue hasta la rejilla del traspatio.
Entonces dijo, grave y solemne: «Señoras y Señores».
Como ante el Gran Jurado de la Opinión Pública.
Y echó a correr para siempre.
El sol caía duro sobre el romerillo, y sus rayos se descomponían sobre la manigua en luces violetas y verdosas. Y una lagartija sacó su corbata roja desde un muro en señal intermitente de «Peligro» «Peligro» «Peligro».

La Habana, 1968

www.ingramcontent.com/pod-product-compliance
Lightning Source LLC
Chambersburg PA
CBHW050425110726
47899CB00008B/2857